Chère lectrice,

Quel bonheur de vous retrouver, et de partager avec vous le plaisir de lire !

« Partage » est d'ailleurs le mot d'ordre de notre sélection de ce mois ! Pour Emma, qui se désespère de passer les fêtes seule, il s'agit d'offrir à un parfait inconnu, et à son bébé, *Un toit pour Noël* (n° 2295).

De son côté, Sophie, désireuse de partager avec Mark la nouvelle de sa grossesse, se donne *Une chance d'aimer* encore, en partant le retrouver à l'autre bout du monde (n° 2296).

Quant à Marissa et Cassie, elles pourraient bien — qui sait ? — rencontrer celui qu'elles attendent depuis toujours, et partager leur vie avec l'élu de leur cœur ! (*Une famille pour Marissa*, n° 2297 et *Mariage sous la neige*, n° 2298).

Car donner de l'amour, c'est aussi s'offrir la chance d'en recevoir en retour…

Bonne lecture, et rendez-vous le mois prochain !

La responsable de collection

[illegible]

Qu'il [illegible] et le parer avec [illegible]

[illegible]

[illegible]

[illegible] avec [illegible]

[illegible]

[illegible]

[illegible]

Un toit pour Noël

CARA COLTER

Un toit pour Noël

COLLECTION HORIZON

éditions Harlequin

Cet ouvrage a été publié en langue anglaise
sous le titre :
SNOWBOUND BRIDE-TO-BE

Traduction française de
ANNIE LEGENDRE

HARLEQUIN®

est une marque déposée du Groupe Harlequin
et Horizon® est une marque déposée d'Harlequin S.A.

83-85, boulevard Vincent-Auriol, 75646 PARIS CEDEX 13 — Tél. : 01 42 16 63 63

Service Lectrices — Tél. : 01 45 82 47 47
www.harlequin.fr

ISBN 978-2-2802-1542-8 — ISSN 0993-4456

1.

Vingt litres de chocolat chaud et autant de vin à la cannelle.

Sans compter les quatre cents cookies, dont la préparation avait réclamé deux longues soirées à Emma.

Et il ne viendrait personne !

La tempête qui battait les vitres de l'auberge de l'Etang Blanc, qu'Emma venait de rebaptiser provisoirement « auberge du Noël Blanc », était comparée sur toutes les ondes à celle de 1998. Cette année-là, elle avait sévi plusieurs semaines, non seulement sur la zone côtière atlantique du Canada, mais aussi au Québec, en Ontario, à New York et dans toute la Nouvelle-Angleterre.

Ce Noël allait être un désastre.

— Comme d'habitude, déclara Emma pour

elle-même, sa voix résonnant en écho dans la pièce déserte.

Elle jeta un coup d'œil autour d'elle, mais rien ne parvint à lui redonner le moral : ni le feu qui crépitait gaiement dans la cheminée, ni les ravissantes décorations de la grande salle. Ni même son reflet dans le miroir, avec le bonnet de laine du Père Noël coquettement incliné sur l'oreille gauche et le joli pull de laine rouge orné de flocons en laine angora blanche.

Et soudain, le fait d'avoir formulé à haute voix sa conviction que ce Noël serait gâché, exactement comme tous les autres, convoqua dans la salle le fantôme d'une petite fille, une ombre du passé, qui se mit à la contempler en silence.

Cette fillette aux longs cheveux blonds emmêlés qui lui retombaient sur les épaules baissa les yeux sur un paquet posé sur une table invisible. A l'intérieur, sur un simple papier journal, gisait une poupée au visage maculé de traits tracés au stylo-bille, aux cheveux clairsemés, aux mains et aux pieds rongés par les dents d'un petit enfant, sans doute. Rien à voir avec Clara, la magnifique poupée qu'elle avait admirée dans un catalogue et commandée au Père Noël.

Il s'agissait probablement d'un vieux jouet offert par l'une des dames chez qui sa mère faisait le ménage.

— Ça suffit ! s'intima Emma.

Cependant, le fantôme de la petite fille semblait tenir à ce qu'elle se rappelle qu'elle avait dû feindre d'être heureuse pour ne pas décevoir sa mère.

Cette dernière, Lynelle, avait finalement accepté de venir pour Noël. Emma brûlait d'impatience de lui montrer la vieille maison dans laquelle elle avait grandi, mais où elle n'avait plus remis les pieds depuis l'âge de seize ans. Pas même quand grand-mère était morte.

Emma s'efforça de ne pas penser au manque d'enthousiasme de sa mère à la perspective de passer Noël à l'Etang Blanc, audible au bout du fil. Elle avait bien précisé qu'elle ne viendrait que pour le soir de Noël et repartirait dès le lendemain, manquant ainsi délibérément les dix jours de fête qui précéderaient le grand soir. Au moins, Lynelle serait là pour l'apogée de ces événements, ce qu'Emma appelait le « Grand Jour de Noël ».

La radio brisa le silence pour confirmer ses sombres prédictions sur l'aggravation du mauvais temps.

« Chers auditeurs, notez bien que l'autoroute vient d'être coupée depuis Harvey jusqu'à la frontière des Etats-Unis. »

Bondissant sur ses pieds, la jeune femme tourna le bouton d'un geste sec et elle chassa, dans le même temps, l'image de la petite fille et ses souvenirs.

D'accord, les visiteurs ne monteraient pas jusqu'ici ce soir-là. Et c'était sans doute aussi bien ainsi. Tim Fernshaw, son vieux voisin, avait déjà appelé pour lui dire qu'il ne pourrait pas sortir les chevaux par un temps pareil, ce qui annulait les promenades en traîneau. Et la ligne avait été coupée avant même qu'il ait eu le temps de lui dire au revoir.

Juste avant la fin du jour, Emma avait regardé du côté de l'étang par la fenêtre de la cuisine. La neige tombait si dru que celui-ci en serait recouvert avant qu'elle ait eu le temps de le déneiger.

Donc, pas de patinage non plus !

Les dix jours de festivités risquaient bien de ne pas avoir lieu du tout. Du moins, ce ne serait pas ce soir-là que seraient inaugurées ces dix journées de patinage, de promenades en traîneau et de descentes en luge depuis le haut de la colline surmontant la maison.

Et avec eux disparaissaient aussi les droits d'entrée, la vente des hot dogs, des crêpes, du vin chaud, du punch et des objets d'artisanat local. Tout ce qui aurait permis à la jeune femme de faire partir son affaire d'un bon pied.

Et de financer son Noël de rêve.

— Un tout petit miracle ! Est-ce que ce serait trop demander ? s'enquit Emma à haute voix, en levant vers le ciel un regard irrité.

Ce Noël de rêve d'Emma consistait à offrir un vrai Noël à tous ceux qui n'avaient pas les moyens de le fêter. Elle souhaitait faire en sorte que, pour une fois, ils ne soient pas déçus.

Et qu'elle aussi, au travers du bonheur de tous ces pauvres gens, ait son petit miracle.

L'an dernier, à la même période, elle avait bien cru que toutes ses misères étaient derrière elle. Elle était adulte à présent et elle avait attendu, le regard confiant, le plus beau des Noëls. Son fiancé, le Dr Peter Henderson, l'avait invitée à passer les fêtes dans sa famille. Ce souvenir avait encore dans la bouche de la jeune femme un terrible goût d'amertume. Jamais elle n'aurait cru possible que ce Noël-là, à lui seul, fût plus cruel que tous les autres réunis.

Mais elle avait compris la leçon. Plus question de compter sur autrui pour réaliser ses attentes. C'était elle, désormais, qui prendrait les choses en main.

Et elle était bien déterminée à faire de ce Noël un moment de joie et de partage, pas seulement pour elle, mais pour tous les gens nécessiteux qu'elle connaissait. Des personnes qui avaient bien besoin d'un peu d'espoir et de chaleur dans une vie sans joie.

Et tout ça, grâce à la coopération de plusieurs paroisses et d'un orphelinat.

Le jour de Noël, Emma ouvrirait grandes les portes de son auberge à trente invités qui arriveraient dans un bus dont les municipalités voisines avaient subventionné la location.

Il y aurait des cadeaux pour tout le monde. Des objets neufs. Pas de vieilles poupées cassées, de livres déchirés ou de vêtements informes. Et, plus important encore, il y aurait le plaisir d'être là tous ensemble. Emma avait rassemblé tout ce qu'elle avait pu récolter comme patins à glace dans les environs. Et Tim avait promis d'atteler au traîneau ses deux puissants Clydesdales pour de longues balades dans les collines enneigées.

Sa belle-fille Mona et ses deux petites-filles, Sue et Peggy, qui habitaient avec lui pendant que Tim junior servait outremer dans les Forces armées canadiennes, avaient passé les derniers jours à l'auberge, aidant la jeune femme à tout préparer.

Jamais, même l'année précédente, elle n'avait éprouvé cette certitude qui brillait en elle comme une flamme, qu'elle allait enfin connaître le secret de cette merveilleuse saison, et qu'elle vivrait à l'unisson ce jour de paix universelle.

A présent, elle se sentait terriblement flouée. Et elle se maudissait pour sa naïveté.

Elle entendait la voix de Peter comme s'il était dans la pièce.

« Et maintenant ? Comment t'imagines-tu payer les Fernshaw ? Et tous les cadeaux que tu comptais offrir à tes invités ? »

Emma soupira. Tous ces cadeaux qu'elle avait été assez imprudente pour acheter à crédit !

Etant donné la quantité d'appels téléphoniques qui ne cessaient depuis qu'elle avait mis les affiches dans les commerces et les annonces dans la presse locale, en novembre, elle n'avait pas imaginé une seule seconde que tout pourrait échouer.

La paroisse de Saint-Martin avait réservé pour un groupe de trente-deux enfants supposés venir le soir même. Elle se souvenait de son exaltation quand elle avait consacré l'argent de leur réservation à la commande du vin chaud et des tourtes prévues pour le jour de Noël.

La jeune femme sentit un mal de tête familier poindre dans son crâne.

Elle avait hérité de l'Etang Blanc, la vaste maison et ses dix hectares, après le décès de sa grand-mère, au printemps dernier. Et elle avait vite compris qu'il lui serait difficile de la garder.

Mais elle était bien décidée à se battre. C'était tout ce qui lui restait de sa famille, de ses racines, même si sa mère, elle, préférait les rejeter. Aussi, rassemblant ses quelques économies, ce qu'elle avait pu mettre de côté sur son modeste salaire de secrétaire médicale, elle avait demandé un congé sabbatique et s'était lancée dans l'aventure.

De toute façon, ses fiançailles battaient de l'aile depuis ce Noël malencontreux dans la famille de Peter, qui avait sauté sur l'occasion pour lui rendre sa liberté.

C'est ainsi que, l'été précédent, elle avait ouvert des chambres d'hôtes. Il lui était vite apparu que l'opération était hasardeuse. Mais elle avait espéré que son « opération spéciale » de Noël la ferait connaître dans la région.

De nouveau, elle entendit la voix de son ex-fiancé et patron, son long visage distingué affichant une nette réprobation.

« Emma, je crois que tu n'as aucune idée des difficultés que tu vas rencontrer. »

Elle le haïssait un peu plus chaque jour en constatant que le sort lui donnait raison.

Emma reporta son attention sur l'arbre de Noël de l'auberge, un magnifique sapin Fraser orné de grands nœuds de satin blanc, de guirlandes de lumières et de petits objets décoratifs tous plus raffinés les uns que les autres.

A son sommet, un ange blanc veillait sur la pièce, ses ailes effleurant le plafond.

Le regard de la jeune femme s'attarda un instant sur lui.

— Un simple miracle, murmura-t-elle. Je voulais un Noël pour une fois parfait. Et je voulais donner le plus beau des cadeaux : l'espoir.

L'ange lui rendit son regard avec une expression de parfaite sérénité.

— Oh, toi ! lui rétorqua Emma. Tu n'es même pas un vrai ange. Si j'avais des yeux de verre et des ailes en papier, moi aussi, j'aurais l'air bien tranquille.

Puis elle enveloppa la pièce du regard et son expression s'adoucit. La grande salle commune de l'auberge de l'Etang Blanc semblait tout droit sortie d'un conte de fées. C'était la récompense d'un dur travail et le résultat valait largement les frais investis et la fatigue qui était devenue sa compagne de tous les instants.

Un feu craquait et vrombissait dans la cheminée faite de pierres massives tirées du lit de la rivière. Des chaussettes de laine aux couleurs vives étaient suspendues au solide manteau de chêne, des guirlandes de houx couraient le long des moulures et, dans les recoins sombres, les fleurs de poinsettias flamboyaient.

Sous le sapin s'empilaient des cadeaux soigneusement emballés dont le contenu lui paraissait moins séduisant maintenant qu'elle se demandait comment elle s'acquitterait de ses dettes.

S'arrachant à ces considérations moroses, Emma acheva l'inspection de la pièce. Sur les canapés et les fauteuils, des coussins rouges et blancs avaient remplacé provisoirement les coussins habituels, des vases étaient remplis de sucres d'orge géants et les planchers fraîchement cirés brillaient sous la douce lumière des lampes.

Avec la confection quasi ininterrompue de pâtisseries ces derniers jours, l'atmosphère était saturée d'odeurs appétissantes. Le parfum de la cannelle se mêlait aux senteurs de pomme cuite, de gâteaux au chocolat et de feu de bois qui, à eux tous, constituaient la signature même de Noël.

La maison était vraiment la matérialisation de l'esprit de Noël. Elle apporterait de la joie à tous et, quand sa mère la verrait, cela effacerait comme par miracle tous les mauvais Noëls qu'elles avaient passés ensemble.

— Il reste encore du temps avant les festivités, se dit-elle, le cœur plein d'espoir.

Mais, implacablement, des images de la tempête de 1998, durant laquelle le blizzard avait soufflé pendant six jours et six nuits, l'obsédaient.

La neige avait causé des millions de dollars de dommage, laissé des milliers de gens sans électricité pendant plusieurs jours, parfois même plusieurs semaines. Des routes avaient été fermées et des forêts entières abattues sous l'effet du vent, du poids de la neige et de la glace.

— Ma malchance n'irait tout de même pas jusque-là ! Pas au moment où j'attends des invités venus de toute la contrée ! protesta-t-elle.

Puis elle acheva dans un chuchotement :

— N'est-ce pas ?

Les bourrasques envoyaient contre les vitres des paquets de neige glacée et, pour toute réponse, elle entendit la plainte gémissante du vent dans la cheminée.

Et tout à coup, par-dessus le tumulte, elle crut percevoir le tintement grêle du carillon de la porte d'entrée. Etait-ce une réponse à sa question angoissée ?

Les yeux d'Emma se posèrent sur la grande horloge de son grand-père, qui occupait un angle de la salle : 20 heures ! Juste l'heure à laquelle les premiers invités prévus, ceux qui dormaient à l'auberge, devaient arriver.

Ils étaient venus, finalement ! Comment se faisait-il qu'elle n'ait pas entendu des bruits de moteur, des claquements de portières, des voix ?

Elle s'efforça de juguler ses espoirs. Bien sûr, cela pouvait n'être que Tim, qui venait s'assurer que tout allait bien.

Les Fernshaw l'avaient intégrée si naturellement dans leur petite famille qu'elle avait l'impression de faire partie des leurs depuis toujours. A la mort de la grand-mère d'Emma, Tim avait été intéressé par l'acquisition de l'Etang Blanc pour son fils, qui reviendrait bientôt de l'armée. Mais quand Emma leur avait annoncé ses projets, sa belle-fille Mona et lui avaient paru sincèrement heureux de la voir s'y installer.

Emma alla ouvrir la porte et, malgré le brusque souffle d'air glacé, elle arbora un sourire gai. Il fallait accueillir comme ils le méritaient les courageux visiteurs qui avaient bravé la tempête pour venir fêter l'Avent dans la vieille demeure au bord de l'étang.

Le sourire de la jeune femme se figea sur ses lèvres.

Il ne s'agissait pas de la famille qu'elle attendait.

Et ce n'était pas Tim non plus.

Un étranger se tenait dans l'embrasure de la porte, occupant tout l'espace. Il était grand et large d'épaules. L'impression d'obscurité qui se dégageait de lui était intensifiée par le long pardessus noir qui l'enveloppait et par ses cheveux très bruns.

Malgré la pénombre, Emma distingua la ligne droite du nez, les pommettes saillantes, la mâchoire carrée. Elle remarqua le pli sévère de la bouche et le visage fermé. Et pourtant, l'inconnu était d'une beauté stupéfiante.

Sous le regard scrutateur qu'il promenait sur elle, Emma frissonna. Elle vit les yeux sombres remonter jusqu'à son bonnet de Noël, puis descendre se poser sur ses chaussettes rouges et constata que la bouche se durcissait encore.

On aurait dit que le diable en personne venait lui rendre visite.

L'inconnu semblait avoir perdu le don du sourire. Il appartenait à ce type d'hommes qui constitue une énigme qu'on ne peut s'empêcher de vouloir résoudre. Malgré son air sombre, presque absent, ou peut-être à cause de cela, il était la tentation incarnée.

Toutefois, il ne pouvait rien sur elle, puisqu'elle s'était juré de se consacrer désormais tout entière à son nouveau métier et, à plus court terme, au Noël qui approchait à grands pas. Puisqu'elle avait décidé que l'auberge de l'Etang Blanc serait désormais toute sa vie.

Les yeux de l'étrange visiteur la quittèrent pour se poser sur la couronne accrochée sur la porte, une couronne de houx entrelacée de rubans de satin blanc. Puis ils s'arrêtèrent sur le message brodé en rouge sur fond blanc, au cœur de la couronne, et son regard s'étrécit : « Confiance ».

Sauf erreur de sa part, c'était du mépris qu'Emma lisait maintenant dans les pupilles sombres. Le premier réflexe de la jeune femme fut de refermer la porte.

Une nouvelle bourrasque glacée lui rappela

cependant qu'elle ne pouvait manquer à son devoir d'hospitalité. Un petit couinement, comme le cri d'un chaton, attira soudain son attention.

Alors, elle s'aperçut avec stupeur qu'un bébé était blotti contre le torse de l'inconnu, bien à l'abri sous l'épaisse doublure du manteau.

L'enfant, parfait sosie de l'une des poupées qu'elle avait emballée dans un paquet-cadeau la veille, tourna vers elle de grands yeux. Sur sa tête était posé un bonnet à oreilles. Détail amusant : celui-ci était mis dans le mauvais sens et retombait sur le front du bébé.

Malgré l'aspect redoutable du visiteur surgi de nulle part, la jeune femme ne put réprimer un sourire.

Une voix grave résonna :

— Nous avons besoin d'un abri.

Elle se prépara à trouver une excuse, mais aucun son ne franchit ses lèvres. Un abri ? Ici ? Pour un homme aussi séduisant et aussi mystérieux ?

— La patrouille de sécurité m'a obligé à quitter la route, expliqua le visiteur. L'autoroute a été fermée juste derrière moi… Avec un peu de chance, ce ne sera que pour quelques heures.

Emma se sentait incapable de refuser. Et tout aussi incapable d'accepter.

Seulement, cet homme avait un bébé avec lui.

Pouvait-elle renvoyer ce père et son enfant dans la tourmente sous prétexte qu'elle s'était sentie vaciller sous son regard sombre ? Et que sa haute silhouette nimbée de mystère lui inspirait une peur instinctive ?

Emma retira son bonnet de Noël.

Le regard de l'homme se posa aussitôt sur ses cheveux blonds, dont elle n'arrivait plus à dompter les boucles folles depuis qu'elle leur avait imposé une coupe sauvage.

Les lèvres du visiteur frémirent, puis se figèrent de nouveau dans leur rictus sévère.

— Ce sont les hommes de la patrouille qui m'ont indiqué votre auberge. Ils m'ont assuré que je ne pourrais pas trouver mieux dans toute la région de Willowbrook.

La manière dont il avait dit ça semblait laisser entendre qu'il serait allé ailleurs s'il avait eu le choix. De nouveau, la jeune femme fut tentée de lui dire que c'était impossible, qu'elle n'avait pas de place.

Mais il y avait l'enfant.

Elle recula pour le laisser franchir le seuil.

— Je ne propose pas de chambres d'hôtes en hiver. Mais puisqu'il s'agit d'un cas de force majeure…

Si elle croyait que sa générosité lui donnerait l'avantage, elle en fut pour ses frais. L'homme n'eut pas un mot de remerciement. Il pénétra dans le large vestibule, entraînant dans son sillage une odeur typiquement masculine d'after-shave et de savon, mêlée à celle de lait et de linge propre du bébé.

Quand Emma referma la lourde porte de chêne, la poignée lui resta dans la main, lui faisant perdre toute son assurance. Et, avec cette dernière, son sourire professionnel.

« Ce n'est pas le moment de flancher », intima-t-elle à la vieille maison tout en remettant prestement la poignée à sa place.

Avec un peu de chance, il ne s'en serait pas aperçu.

Mais quand elle se retourna vers lui, elle constata qu'il était le genre d'individu à qui rien n'échappe. Il aurait remarqué l'incident même si cette fichue poignée de porte n'avait pas décidé de ressortir de son logis pour tomber bruyamment sur le carrelage.

Emma se pencha pour la ramasser, le feu aux joues.

— Rassurez-vous, le charme un peu… rustique des lieux est compris dans le prix, lança-t-elle d'un ton léger, s'efforçant d'ignorer l'air glacé qui faisait irruption par le trou ainsi libéré.

Pas de réponse. Pas même un sourire.

L'homme s'avança jusqu'à la porte à double battant ouverte sur la grande salle, enveloppa du regard le gai décor de Noël et recula d'un pas.

Il se tenait juste sous les branches de gui qu'Emma avait suspendues à une solive.

La jeune femme ne put réprimer un sourire. D'ordinaire, on s'embrassait sous le gui. Que pouvaient bien valoir les baisers de ce bel inconnu à la bouche si dure ?

L'homme fronça les sourcils.

— Si vous ne recevez pas d'hôtes en hiver, comment se fait-il que votre maison soit décorée comme ça ?

— J'attendais des invités.

Elle aurait mieux fait de ne rien dire. Mais elle avait tant besoin d'une oreille amie à qui confier sa déception !

Elle fut heureuse de n'en avoir rien fait en entendant ce qui suivit.

— Et vos chambres aussi sont décorées ? Vous n'avez rien sans tous ces accessoires ridicules ?

— Vous n'aimez pas Noël.

C'était un constat plus qu'une question. Il était plus qu'évident que cet homme n'aimait pas Noël. Tout comme il ne devait guère aimer les chatons, les chansons d'amour et les comédies sentimentales au cinéma.

Et c'était très bien comme ça. S'ils devaient passer quelques heures sous le même toit, autant que cet inconnu si diablement séduisant soit hermétique à tout sentiment.

Mais comment pouvait-on ne pas aimer Noël ? Surtout quand on avait un enfant ! C'était presque une obligation, non ?

La petite fille gazouilla et, sortant la main de sous la couverture qui l'enveloppait, se fourra le pouce dans la bouche.

Toujours impassible, l'homme la fixa d'un œil froid, mais elle ne sembla pas s'en soucier.

— Mama, gazouilla-t-elle en se blottissant contre lui avec une confiance qui confirma la première impression d'Emma.

Son hôte était peut-être de nature cynique mais, malgré le mystère accroché à sa personne comme les nappes de brume à la cime des sapins en hiver, elle ne risquait rien auprès de lui.

— Demande-t-elle sa maman ? s'enquit-elle, s'étonnant de nouveau de l'incongruité de la situation.

Ce bébé avec son bonnet à l'envers, cet homme au visage figé… Bien sûr, il y avait, quelque part, une femme qui les attendait.

L'étreinte se relâcha autour de la gorge de la jeune femme. Cet homme appartenait à quelqu'un.

Mais son soulagement, cette impression de s'en être tirée à bon compte, ne durèrent pas longtemps.

— Non, répondit-il.

Et, de manière tout à fait inattendue, une soudaine rougeur envahit son cou.

Pour la première fois, Emma devina en lui une marque de vulnérabilité.

Il hésita un instant, avant d'ajouter :

— Malheureusement, c'est ainsi qu'elle a choisi de m'appeler.

Une fois encore, la jeune femme dut se retenir de rire. Et une fois encore, le rire mourut avant même d'être né. A cause de la quasi-tendresse qu'elle éprouva pour lui en apprenant que son enfant l'appelait « maman ». C'était si contradictoire avec la puissance qui émanait de lui. Si absurdement émouvant.

Même si cela ne la regardait pas, il fallait qu'elle sache.

— Où est sa mère ?

Un éclair dur traversa le regard de l'homme, d'une telle intensité qu'on eût dit qu'il avait soudain absorbé toute la lumière, toute la chaleur de la pièce. C'était plus que de la tristesse. L'espace d'un instant, la jeune femme entraperçut une âme vide de toute joie, de tout espoir. Elle eut la vision d'un homme perdu dans une tourmente bien pire que celle qui poussait ses hurlements autour de la maison.

— Elle est morte, répondit-il simplement.

Et la porte qui s'était entrouverte sur son âme ravagée se referma.

Sa voix était calme, sans émotion, et son regard décourageait clairement de toute tentative de mener plus avant son enquête.

— Oh ! Je suis navrée. Laissez-moi prendre la petite pendant que vous retirez votre manteau.

Mais quand elle tendit les bras, elle s'aperçut qu'elle tenait toujours la poignée de la porte.

Il lui mit l'enfant dans les bras et saisit la poignée dans sa main gantée. Ce bref effleurement suffit à Emma pour se sentir pénétrée de la chaleur qui émanait du corps masculin.

Sans effort ni difficulté apparente, il inséra la poignée dans son orifice, procéda à quelques manipulations, puis se retourna vers la jeune femme.

— Merci, dit Emma, gênée de sa propre incompétence. Vous avez une penderie juste derrière vous. Y a-t-il des bagages ?

— Ils sont dans la voiture. J'espère que nous ne resterons pas assez longtemps pour en avoir besoin.

« Moi aussi », songea-t-elle. La petite fille était étonnamment lourde, son petit corps moelleux et souple s'abandonnant avec confiance dans ses bras.

Le vent choisit ce moment pour hurler et cogner contre les volets, et l'idée traversa Emma que le séjour de ses visiteurs risquait de durer plus longtemps que prévu. Il leur faudrait passer au moins la nuit à l'auberge. Par chance, elle avait retrouvé au grenier un lit d'enfant à l'ancienne qui avait dû servir à la génération de sa mère. Elle l'avait nettoyé et mis dans la lingerie, au cas où un tout-petit en aurait besoin pendant son séjour chez elle.

Le bébé la regardait attentivement, les sourcils froncés et la bouche entrouverte, comme prêt à crier au cas où la peur l'emporterait sur la curiosité.

— Quel âge a-t-elle ?

— Quatorze mois.

— Et comment s'appelle-t-elle ? demanda encore Emma, heureuse de cette diversion qui lui permettait de détourner son attention du large torse que venait de révéler l'inconnu en retirant sa veste.

Il était vêtu d'une chemise fine et d'un pantalon noir à la coupe impeccable qui laissait deviner les muscles de ses longues cuisses sous l'étoffe souple.

— Tess, l'informa-t-il d'une voix brève.

— Bonsoir, petite Tess. Je m'appelle Emma. Bienvenue à l'auberge du Noël Blanc, ma chérie.

— L'auberge du Noël Blanc ? Vous ne parlez pas sérieusement ?

— N'avez-vous pas vu le panneau, devant la maison ?

— J'ai bien vu une pancarte, en effet. Mais elle était à moitié dissimulée par la neige. Je me suis dit qu'elle indiquait l'auberge. C'est tout ce qui comptait.

— Eh bien, vous êtes bel et bien dans l'auberge du Noël Blanc, que cela vous plaise ou non.

Il émit une sorte de plainte.

— Y a-t-il un problème ?

Sur le coup, la réponse la prit au dépour-vu.

— N'avez-vous jamais eu le sentiment que les dieux aiment parfois rire aux dépens des hommes ?

Bien qu'il n'attendît visiblement aucune

réponse, Emma répondit en hochant la tête, triste soudain.

— Si, si… Je vois très bien ce que vous voulez dire.

L'auberge du Noël Blanc !

Ryder Richardson ne doutait pas qu'en cet instant les dieux s'offraient une bonne partie de rire à ses dépens. Quand il avait pris la route, en début de soirée, il n'avait qu'un objectif : échapper à Noël. Il avait préparé sa nièce, mis dans un sac l'énorme quantité de bric-à-brac nécessaire à un bébé de nos jours, avec la ferme intention d'atteindre sa maison du bord de lac à la tombée de la nuit.

Là, il savait qu'il n'y aurait ni tohu-bohu, ni décorations lumineuses, ni chants, ni arbres. Personne, et même pas de téléphone. Il avait délibérément laissé son portable chez lui.

Il n'avait même pas honte de s'avouer qu'il ne désirait qu'une chose : se cacher comme un rat dans son trou jusqu'à ce que tout cela soit fini.

En janvier, les gens auraient oublié, rares seraient ceux qui penseraient encore à l'appeler pour lui adresser leurs vœux. Quant aux invitations à des fêtes ou à des dîners, motivées par la pieuse intention de lui changer les idées et de lui faire oublier son chagrin, elles commenceraient à se tarir.

Dans ses bagages, il y avait néanmoins une petite concession à Noël. Il avait acheté quelques cadeaux pour Tess. Un poney en peluche d'une invraisemblable teinte bleu lavande, de petits souliers de suédine rose, car la petite fille manifestait déjà un goût très féminin pour les chaussures, et un piano miniature, dont il regretterait sans doute l'acquisition dès que Tess aurait compris comment il fonctionnait.

Il n'avait pas apporté de papier cadeau et n'offrirait vraisemblablement pas les jouets à Tess le 25 décembre. Après tout, une enfant de quatorze mois n'était pas encore très au fait des traditions.

Bien sûr, ce n'était qu'un répit. L'année suivante, Tess aurait deux ans et il serait difficile de faire comme si Noël n'existait pas.

Quand il gagna la salle commune, son regard embrassa les flammes qui crépitaient dans la cheminée, l'arbre de Noël scintillant de tous ses feux. Et, malgré ses préventions, la scène l'attira comme les lumières du port appellent le marin revenant du large.

Un bref instant, il se retrouva captif de cette chaleureuse atmosphère et de tout ce qu'elle promettait.

Il sentit battre en lui le pouls douloureux de l'espoir.

2.

L'espoir.

Le mot tourna quelques secondes dans l'esprit de Ryder, sans couleur, sans joie. Infiniment douloureux.

Ryder faisait partie de ces marins qui ont vu leur foyer s'éloigner et qui n'y reviendront jamais.

Ce furent les grandes chaussettes de laine aux couleurs vives suspendues au manteau de la cheminée qui ouvrirent les vannes aux douloureux souvenirs.

Sans prévenir — car les souvenirs, réveillés par une odeur, un son, ne préviennent jamais —, une image s'imposa à lui. Une rangée de chaussettes multicolores alignées sur le manteau d'une autre cheminée, un an plus tôt. Ces chaussettes, rouge vif, brodées de feuilles de houx et nanties de pompons blancs, portant chacune un nom.

Drew. Tracy. Tess…

Ryder revit soudain son frère debout devant cette cheminée, son minuscule bébé levé haut au-dessus de sa tête, puis la faisant redescendre d'un geste vif avant de déposer un baiser sur son ventre rond tandis qu'elle couinait de joie.

Jamais Ryder n'avait vu Drew aussi heureux.

Un frisson le secoua. S'arrachant à la contemplation des chaussettes suspendues au manteau de la cheminée de l'auberge, il lança sur son épaule le sac contenant les affaires de Tess.

Dans quelques jours, un an se serait écoulé. Mais sa peine ne s'était pas apaisée. C'était un avertissement contre toute forme d'espoir. Et rien n'indiquait que l'année à venir puisse être meilleure. Pourquoi la vie redeviendrait-elle ce qu'elle était avant l'incendie qui avait dévasté l'appartement de son frère, à l'aube de ce terrible Noël de l'an passé ?

« Prends le bébé, lui avait crié Drew alors qu'il surgissait de la chambre d'amis. Je vais chercher Tracy. »

Seuls ceux qui ont connu cette terrible

épreuve peuvent comprendre l'effet produit par les ténèbres absolues, la chaleur, la fumée, le chaos intensifié par le rugissement des flammes, comme si le feu était un monstre fou.

Tant bien que mal, Ryder avait réussi à gagner la chambre de Tess et à en extirper l'enfant. Il avait retrouvé Tracy un peu plus tard sur la pelouse, devant la maison, allongée sur l'herbe et visiblement en mauvais état.

Mais vivante.

Il avait d'abord cru que c'était Drew qui l'avait sortie de l'enfer. Un coup d'œil autour de lui avait suffi à lui faire comprendre que son frère cherchait toujours sa femme dans la maison en flammes.

Il s'était précipité à l'intérieur, sans se soucier de l'épaisse fumée noire qui en sortait.

Mais des voisins l'avaient tiré en arrière, quatre hommes énergiques qui avaient résisté à ses coups de poing, aussi déterminés à le maintenir en vie que lui à tout risquer en plongeant dans la gueule du monstre rugissant.

Parfois, la nuit, il se réveillait encore, trempé de sueur, le cœur cognant douloureusement contre ses côtes, hurlant sa fureur.

« Lâchez-moi ! Vous ne comprenez donc pas que… ! Lâchez-moi, bon sang ! »

Un an après, cette fureur demeurait encore en lui, brûlante comme une lave. Comment avait-il pu échouer à ce point ? Comment sa force lui avait-elle manqué au moment où il en avait le plus besoin ? S'il avait pu se débarrasser de ces hommes, leur faire comprendre…

Puis, il y avait trois mois à peine, malgré tout le courage dont elle avait fait preuve durant ces longs mois, Tracy avait cessé de lutter contre ses terribles blessures.

Ryder réprima un nouveau frisson. Il s'était entouré d'une muraille épaisse qui s'était consolidée encore, jour après jour, brique par brique. Ce qui s'était passé l'avait ravagé, anéanti. Il pouvait certes assumer son métier d'homme au quotidien, mais, tout au fond de lui, il était détruit.

Et à présent, il avait peur, car, l'espace d'une seconde, il avait senti ce que cet intérieur douillet, cette femme chaleureuse, avaient à offrir. Il avait entendu le mot « confiance ». Et il l'avait lu sur la porte.

— Vous vous sentez bien ?

— Oui, répondit-il d'une voix neutre.

En réalité, cela n'allait pas du tout. Il avait tout fait pour éviter Noël et un caprice du destin avait mis sur son chemin ce havre de paix. Un lieu qui incarnait mieux encore que le village du pôle Nord ce que représentait Noël aux yeux de tous les êtres humains dignes de ce nom.

S'il n'y avait eu Tess, il aurait remis son manteau et serait reparti dans la tempête.

— On dirait que vous venez de voir un fantôme, déclara Emma. Il paraît qu'il y en a ici, mais je ne les ai encore jamais rencontrés.

Elle avait presque l'air de l'envier.

— Je ne crois pas aux fantômes.

— Moi si, affirma la jeune femme. Je suis convaincue que, dans cette vieille maison, il y a des esprits qui la protègent, elle et tous ses occupants. Et je crois aussi qu'il y a un esprit de Noël.

Et, comme pour ponctuer cette affirmation péremptoire, elle rougit.

Ryder l'observa de plus près. Quel âge pouvait-elle bien avoir ? A peine plus de vingt ans, probablement. Bien trop jeune pour s'occuper de cette auberge, en tout cas. Mais assez âgée pour ne plus croire à toutes ces fariboles.

Elle passa nerveusement sa main dans ses épaisses boucles blondes et sa rougeur s'accentua.

Ryder serra les poings. Une nouvelle brique de la muraille qui l'entourait venait sans doute de sauter, car il eut l'envie folle de caresser les copeaux dorés de cette chevelure indisciplinée, d'enrouler une boucle autour de son index.

Elle le regardait comme un chaton prêt à sortir les griffes au cas où il aurait voulu discuter. Ce qu'il n'avait pas l'intention de faire.

La manière qu'elle avait de tenir Tess contre elle ainsi que la candeur de son regard révélaient exactement ce qu'elle était : une jeune femme solitaire et qui n'aimait pas ça, légèrement excentrique, mais terriblement naïve et pleine de bonnes intentions.

Absolument pas son type.

Avant la catastrophe qui avait brisé sa vie, il fréquentait des femmes pressées, au sourire éclatant et aux dents voraces, parées des accessoires de leur engeance : bagues de diamant et vêtements de grands couturiers. Des femmes qui recherchaient les plaisirs faciles et qui auraient ri devant le spectacle naïf de cette auberge enrubannée.

Sauf que, l'an passé, devant le bonheur familial de son frère, l'idée l'avait fugitivement traversé que lui aussi, peut-être, avait besoin de cela.

— Vous n'êtes pas toute seule pour vous occuper de cet endroit, n'est-ce pas ? demanda-t-il, inquiet de se retrouver prisonnier au milieu de toute cette douceur, de toute cette tendresse.

Comme si, soudain, il n'avait plus confiance en lui.

Ses yeux cherchèrent l'annulaire gauche de son interlocutrice. Il remarqua ses ongles carmin, peints en harmonie avec les chaussettes rouges, sans doute en l'honneur de la fête. Comment aurait-il pu trouver cette femme, si éloignée de ses critères habituels, un tant soit peu attirante ?

Pas d'alliance. Aussi connut-il sa réponse avant même qu'elle ait ouvert la bouche.

— Si, cette maison est à moi toute seule, déclara-t-elle, le menton fièrement levé. Je l'ai héritée de ma grand-mère, je l'ai restaurée. Et c'est moi qui l'ai appelée « l'auberge de l'Etang Blanc ». L'auberge fonctionne depuis le début de l'été dernier.

— Je croyais que c'était l'auberge du Noël Blanc, lui rappela-t-il sèchement.

— Noël transforme tout, rétorqua la jeune femme solennellement. Sa magie se faufile partout, même dans mon humble auberge.

Eh bien ! Elle avait tout l'air d'y croire. Mais pas question de jouer à ce petit jeu-là ! Il ne voulait plus rien savoir d'elle. Pas au risque de se laisser attendrir.

Toutefois, au lieu de lui demander de le conduire à sa chambre, Ryder se surprit à demander encore :

— Qu'est-ce qui pousse une jeune femme à se lancer dans un pareil projet ?

Ryder était architecte. Drew et lui avaient dessiné ensemble des centaines de plans pour restaurer de vieilles demeures comme celle-là. Et il était prêt à parier que, sous l'abondance des décorations, se cachaient des dégradations plus graves que ne le montrait la mésaventure de la poignée de porte. Et qui dépassaient amplement les compétences de ce petit bout de femme perdue dans sa vaste maison.

— Que voulez-vous, je suis une idéaliste, déclara-t-elle d'un ton qui ne contenait aucune excuse.

Il perçut dans ces paroles un caractère obstiné et fier. Et une blessure aussi. Comme si un goujat de la même espèce que lui lui avait lancé un jour à la figure ce genre de reproche.

Mais il était évident que cette maison avait besoin de tout, sauf d'un doux rêveur. D'un charpentier, par exemple, et d'un électricien. Et même, sans doute, d'un bon plombier.

Le scepticisme dut se lire sur son visage, car elle entreprit de le convaincre :

— En fait, j'ai découvert cet endroit pour la première fois quand ma grand-mère est tombée malade. Ma mère et elle étaient fâchées depuis longtemps, mais un voisin charitable m'a appelée et m'a demandé si je pouvais venir m'occuper d'elle. Je suis tombée amoureuse de la maison au premier coup d'œil. Sans compter qu'elle appartenait à la famille depuis des générations. Quand grand-mère est morte, j'en ai hérité et j'ai dû trouver un moyen pour pouvoir la garder.

Ryder se retint de hausser les épaules. Il n'appréciait guère les femmes qui tombaient amoureuses « au premier coup d'œil ». Et encore moins les idéalistes, avec leur stupide optimisme.

Cependant, ce qu'il pouvait déceler aussi en elle, c'était la souffrance. Cette jeune femme avait été blessée. Et, derrière le sympathique prétexte de Noël, il devait y avoir une raison pour que, jolie comme elle l'était, elle se retrouve seule dans un endroit aussi isolé.

Il aurait donné sa main à couper que cela n'avait rien à voir avec une querelle de famille. Et tout à voir avec un amoureux infidèle. Elle avait visiblement décidé qu'aimer une maison était plus facile qu'aimer un homme.

Et il l'approuvait de tout son cœur.

Avant l'incendie, Ryder était un homme comme les autres, joyeusement superficiel, préoccupé seulement de lui-même. Créer une entreprise et la faire prospérer avec son frère, sortir avec ses amis, jouer dans une équipe de hockey tout ce qu'il y avait de plus amateur et ne jamais prendre ses relations sentimentales au sérieux : telles étaient ses règles de vie, et elles avaient fait leurs preuves pendant longtemps.

Il n'avait jamais été quelqu'un de profond. Aimablement insensible, courtois avec une belle indifférence, loyal dans les affaires, il plaisait à tout le monde et ne se liait jamais avec personne.

Pas une fois, il ne lui était venu à l'esprit qu'il puisse y avoir d'autres manières de réussir sa vie.

A présent, tout avait changé. Il pouvait rencontrer un parfait étranger et lire les peines et les malheurs de sa vie dans un simple pli au coin de ses lèvres, dans une ombre qui hantait son regard. C'était comme si, tout à coup, il était entré dans une sorte de club, celui des gens tristes. S'il avait su, jadis, comme il aurait mieux profité de sa chance !

D'un point de vue strictement masculin, Emma était certes ravissante. Elle avait un visage aux traits réguliers et aux proportions parfaites, un petit nez retroussé et des lèvres délicatement renflées qui semblaient l'emblème même de la sensualité. Et jamais, il n'avait vu des yeux de cette couleur, un doux gris-vert, humide comme une brume d'automne parmi les sapins.

Et puis, sous son accoutrement, on devinait les courbes séduisantes de son corps.

Ryder fronça les sourcils. C'était la première

fois depuis l'accident qu'il se laissait distraire par la contemplation d'une femme.

Pourtant, il ne se sentait pas prêt à recommencer. Pas prêt à rire de nouveau. Pas prêt à aimer.

D'abord, parce qu'il ressentirait cela comme une trahison à l'égard de Drew et de Tracy. Ensuite, parce que cela exigerait sans doute de lui quelque chose qu'il ne voulait pas faire : s'accorder son propre pardon.

En d'autres temps, dans une autre vie, Ryder aurait sans doute pu s'abandonner à cette attirance pour voir où elle le mènerait. Mais maintenant, il devinait qu'Emma portait en elle ses propres blessures, qu'elle préférait certainement garder pour elle.

Et l'homme dur qu'il était devenu ne pouvait que lui faire encore davantage de mal, lui retirer ce qui lui restait de capacité à s'émerveiller, comme cette vénération quasi mystique qu'elle portait aux traditions de Noël.

« Confiance. »

Ce simple mot sur la porte lui avait donné envie de tourner les talons et de regagner sa voiture. Confiance en quoi ?

Mais il n'était pas seul. Chacune des décisions qu'il prenait devait tenir compte des intérêts de Tess.

Quels étaient les intérêts de l'enfant, du reste, si on réfléchissait à long terme ? Il savait bien que certains membres de son entourage se demandaient s'il était vraiment le mieux placé pour élever sa nièce. Un ou deux d'entre eux, plus audacieux que les autres, avaient même laissé entendre que la meilleure chose qu'il pourrait faire pour elle, ce serait de lui trouver des parents adoptifs, une vraie famille, avec une mère qui serait capable de lui passer un peigne dans les cheveux sans qu'elle se mette à hurler et qui saurait s'occuper de ses minuscules et délicats vêtements.

Mais son frère et sa femme l'avaient désigné, lui, comme le tuteur légal de la petite fille s'il leur arrivait quelque chose. Il en avait été le premier étonné lorsqu'il l'avait appris de la bouche du notaire à qui les intérêts de Tess avaient été confiés.

Et puis, même s'il se sentait terriblement incompétent, Ryder ne se serait séparé d'elle pour rien au monde. Tess était le dernier lien qui le rattachait à son frère. Et il éprouvait à l'égard de ce petit être un instinct de protection dont il ne se serait jamais cru capable.

Il avait requis les services d'une nounou hors pair, qui s'occupait de l'enfant depuis son lever jusqu'à son coucher, bain, vêtements et repas inclus, mais qui, hélas, avait dû les abandonner pour aller passer les fêtes en famille.

— Que préférez-vous ? s'enquit son hôtesse, l'interrompant dans ses pensées. Voir votre chambre tout de suite ou aller d'abord vous restaurer dans la cuisine ?

Tess avait eu un biberon dans la voiture, mais quelque chose de solide ne pourrait pas lui faire de mal. Et lui aussi, constata-t-il soudain, mourait de faim. S'il pouvait manger un bout et dormir une heure ou deux, il serait en mesure de reprendre la route dès que la tempête marquerait une pause et que les routes seraient rouvertes.

— J'avoue que je mangerais bien quelque chose.

— Arriver jusqu'ici a dû être un cauchemar, commenta Emma en le précédant dans l'étroit couloir qui menait dans la cuisine, séparée du reste de la maison par une porte battante.

Toujours chargée de Tess, elle l'ouvrit de la hanche.

— Un cauchemar, acquiesça-t-il. En version noir et blanc.

Son espoir que la cuisine fût un sanctuaire protégé de l'invasion de décorations de Noël s'évanouit dès qu'il y entra. Il y en avait partout. Les odeurs qui régnaient dans la pièce étaient puissantes et s'harmonisaient avec la décoration chaleureuse : murs d'un beau jaune éclatant, placards de bois peints en blanc, sol en tommettes cirées d'un rouge cuivré. Mais, en écho à l'incident de la poignée de la porte d'entrée, l'un des robinets gouttait et du givre avait réussi à s'installer à l'intérieur des vitres, signalant une mauvaise isolation.

Une immense table de chêne trônait, couverte d'assiettes chargées de cookies.

Un regard plus attentif permit à Ryder de distinguer des cookies en forme de sapins, d'autres givrés de sucre rose, d'autres encore qui avaient été à moitié plongés dans du chocolat et, enfin, des bonshommes de Noël en pain d'épice.

— Je vois que vous n'exagériez pas en

disant que vous attendiez des invités. Combien, exactement ?

— Environ une centaine.

Il remarqua la déception qui pointait dans sa voix.

— Vous attendiez cent personnes ici ce soir ?

— Oui, c'était l'ouverture des festivités de l'Avent. Il y a un étang derrière la maison. On devait y faire du patin à glace. Et on avait prévu un feu de joie. Un de mes voisins devait aussi amener ses chevaux. Des Clydesdales.

Quelque chose brillait dans ses yeux.

De nouveau, Ryder pensa aux femmes qu'il avait fréquentées. Dîners gastronomiques, diamants, soirées qui finissaient dans des boîtes de nuit à la mode. Pas le genre de femmes à célébrer les fêtes de l'Avent.

La déception d'Emma était presque tangible. Il espéra qu'elle ne se mettrait pas à pleurer. Il ne supportait pas de voir une femme en larmes. Tess, qui en était déjà consciente, usait largement de cet avantage.

— Je suis désolé pour vous, dit-il abruptement.

— Il n'y a pas de quoi. Les choses reprendront leur cours demain matin. Les fêtes de l'Avent auront lieu comme prévu.

Elle avait dit ces mots avec une sorte de fièvre brutale, comme si elle lançait un défi, à lui ou à tous les dieux de l'univers.

Ce fut Tess qui parvint à changer le tour qu'avait pris la conversation. Lasse du bavardage des deux adultes, elle était visiblement excitée par le spectacle de tous ces gâteaux figés sur leurs assiettes.

Elle se mit à pousser de petits couinements en désignant les cookies du doigt en gigotant dans les bras d'Emma.

— Veux ça !

— Tu veux des gâteaux, tu as faim ? demanda Emma. Mais il faut d'abord que je demande à ton papa. Peut-elle en avoir un ? Ou faut-il d'abord lui donner quelque chose de plus nourrissant ?

Son « papa » ! Ryder fronça les sourcils. Fallait-il dire la vérité à cette femme ? La tragédie était encore si récente qu'il avait du mal à en parler. Et, après tout, il n'allait pas rester ici suffisamment longtemps pour que cela ait de l'importance.

Il réalisa soudain qu'il ne s'était pas présenté.

— Je m'appelle Ryder Richardson. Je suis l'oncle de Tess. Et son tuteur.

— Ah…

Il y avait des questions dans le regard d'Emma. Des questions auxquelles il n'avait pas la moindre envie de répondre. Il tendit la main.

Changeant le bébé de hanche, la jeune femme la prit et la serra d'une étreinte à la fois ferme et douce. Alors, Ryder comprit qu'il avait commis une erreur. La main d'Emma s'était glissée dans la sienne comme dans un moule et y semblait parfaitement à sa place. Il ne put retenir un léger frisson.

Elle avait dû éprouver la même chose, parce qu'elle se figea une fraction de seconde, le regardant dans les yeux, avant de battre des paupières et de retirer sa main d'un geste vif.

Ryder tendit alors les bras et elle y déposa l'enfant. Il percha la fillette sur le bord de la table et retira la couverture dans laquelle elle était emmitouflée. Maladroitement, il se débattit avec le bouton-pression de la jugulaire qui, passant autour du menton, retenait le ridicule petit bonnet de l'enfant.

Evidemment, un bonnet à oreilles n'était pas très utile pour un voyage en voiture, mais il avait le mérite de dissimuler l'affreux désordre de la chevelure de la petite fille.

— J'ai horreur de ce bonnet, marmonna-t-il.

— Pourquoi ?

— Je ne parviens jamais à le lui mettre convenablement.

Il entendit un petit gloussement retenu et leva les yeux.

Emma se mordait les lèvres pour ne pas rire.

Il la lorgna d'un regard peu amène. Il détestait les gens qui riaient presque autant que la fête de Noël, surtout quand ce rire semblait remettre en question ses compétences en ce qui concernait l'éducation de sa filleule.

— Il y a quelque chose d'amusant ?

Elle leva un doigt, comme pour signifier qu'elle serait à lui dès qu'elle aurait réprimé le fou rire qui montait. Vraiment, ainsi costumée et avec son bonnet rouge sur l'oreille, elle ressemblait à un petit troll moqueur plutôt qu'à un émissaire du vénérable saint Nicolas.

— C'est que…, hoqueta-t-elle, en fait, vous l'avez mis à l'envers.

En tout cas, il avait réussi ce qu'il voulait. Les larmes qui embrumaient les yeux de la jeune femme un instant plus tôt avaient laissé place à un joli pétillement malicieux.

Revenant à ses préoccupations, il regarda Tess, les sourcils froncés. Bon sang, mais c'était vrai ! Il avait mis ce fichu bonnet dans le mauvais sens.

— Pas étonnant que j'aie tant de mal à le lui enfiler !

Lui, un respectable architecte, incapable de mettre un chapeau à un enfant ! Décidément, les bébés pouvaient vous donner une véritable leçon d'humilité. D'une main preste, il fit pivoter la coiffe sur la petite tête ronde et s'autorisa un claquement de langue approbateur.

— Comme ça, je n'aurai pas besoin de lui en acheter un autre.

Mais Tess essayait déjà de se débarrasser du bonnet.

— On dirait qu'elle n'aime pas trop ça, constata Emma.

— Tant qu'elle ne me laissera pas lui brosser les cheveux, elle devra porter quelque chose sur la tête, rétorqua fermement Ryder.

Retirant le bonnet d'une main preste, il montra à Emma l'étendue des dégâts.

Si elle recommençait à rire, il prendrait Tess sous le bras et quitterait la maison pour ne plus y revenir.

Mais Emma ne rit pas. Son cri d'effroi fut pire encore.

Les boucles blondes de Tess, contrairement aux siennes, certes exubérantes, mais lisses et brillantes comme des copeaux de bois clair, formaient un buisson impénétrable. Privées de toute intervention humaine pendant trop longtemps, elles s'étaient transformées en autant de dreadlocks et de petits tire-bouchons torturés.

— Pas de nounou depuis quatre jours, expliqua-t-il d'un air coupable. Et dans le monde de Tess, oncle Ryder n'est pas autorisé à toucher au moindre cheveu.

Emma le dévisagea d'un air sceptique, comme si elle le soupçonnait d'inventer une histoire pour justifier sa négligence.

— Je sais, poursuivit-il d'un ton sec. C'est honteux. Comment un petit être de dix-huit kilos peut-il rivaliser avec la volonté d'un adulte d'un mètre quatre-vingt-huit ? Eh bien, je vais vous montrer.

Il tendit la main et effleura la chevelure de Tess d'une caresse aussi légère que celle d'une plume.

Le petit visage se plissa, l'enfant avala une grande goulée d'air et émit un cri à vous glacer le sang. Cela n'aurait pu être pire si Ryder avait glissé une braise incandescente dans ses couches. Il retira la main et le hurlement s'interrompit net. Tess le contempla d'un air de candide innocence.

— Et voilà, soupira-t-il.

Il rapprocha sa main — hurlements. La retira — silence. Il recommença avec le même effet, puis s'interrompit tandis qu'elle les regardait, la bouche ouverte comme un petit poisson.

Emma ne put retenir son rire. Sa joie était communicative et Ryder se dit qu'il y avait quelque chose d'infiniment apaisant dans le fait de côtoyer quelqu'un qui ne connaissait pas son histoire. Il se sentait soudain un être neuf, provisoirement déchargé de son pesant fardeau.

Puis il se ressaisit. Qu'Emma puisse provoquer en lui cet étonnant sentiment de liberté l'irritait contre elle autant que contre lui-même.

3.

— Est-ce que Tess peut avoir un cookie ? demanda Emma, revenant au sujet de conversation initial.

— Elle a déjà eu un biberon dans la voiture. Je crois que vous pouvez lui en donner un.

La petite fille s'empara du gâteau que lui tendait Emma avec un glapissement de joie et se mit à le sucer bruyamment. Sans doute n'était-ce pas le fait d'une bonne éducation, mais elle était si charmante, avec ses joues rondes et son petit nez déjà maculé de chocolat !

Emma se tourna vers Ryder.

— Et vous aussi, vous devez avoir faim !

— Un ou deux sandwichs feront l'affaire.

Il regarda Tess. Très absorbé, le bébé retirait un à un les boutons en bonbons verts qui décoraient le costume de son Père Noël de pain d'épice et les examinait avec suspicion avant de les laisser tomber au sol.

— Cette enfant se croit toujours tout permis quand elle est avec moi, soupira-t-il.

Après avoir dévoré deux gros hot dogs, accompagnés de café chaud et complétés par une dizaine de délicieux cookies, il sentit ses forces lui revenir. Cependant, la situation dans laquelle il se trouvait l'abattait totalement.

— Merci pour le dîner, déclara-t-il d'une voix brève. Si vous vouliez bien me montrer notre chambre maintenant... Tess a besoin de dormir et moi, il faut que je jette un coup d'œil à la météo.

Emma se mordilla la lèvre.

— Je suis désolée mais... Je crains que le seul moyen de le faire, ce soit de regarder par la fenêtre.

Il ne comprit pas tout de suite, puis son sentiment de désarroi s'accrut encore.

Pas de télévision dans les chambres ! Pas moyen de quitter les lieux et donc, impossible de tourner le dos à ce qui se passait en lui. On n'avait jamais rien inventé de mieux que la télévision pour éviter de se retrouver face à soi-même et d'analyser ses sentiments. Un parfait produit anesthésiant !

— Les gens viennent ici pour couper les ponts avec le quotidien, l'informa fièrement Emma.

— Pour ressentir un peu de magie ? ajouta-t-il, incrédule.

— Exactement, répondit-elle, sans paraître remarquer le sarcasme.

— Mais vous devez bien avoir une télévision quelque part, non ?

— Si, mais…

— Pas de *mais* qui tienne ! Conduisez-moi immédiatement devant cet appareil. Sinon, vous allez voir ce que ça donne quand je me mets en colère.

Cette fois, Emma ne manifesta aucune hilarité. Et c'était mieux ainsi, car il n'avait plus aucune envie d'entendre son rire léger et insouciant.

Il avait besoin de rester fort.

Emma serra le poing. Le très calme et très imposant Ryder Richardson en colère ! Amusant ! Sauf qu'il avait l'air de parler sérieusement. Et qu'il semblait soudain aussi dur qu'un guerrier. Pourtant, après le spectacle que Tess leur avait offert, Emma ne doutait pas une seconde que la petite fille tenait le cœur impitoyable de son oncle dans sa menotte potelée.

Mais pour l'heure, il avait le visage fermé et son regard fulminait.

Il fallait néanmoins qu'elle s'explique ! Elle lui avait déjà dit qu'elle croyait à la magie de Noël, parce que, après son expérience avec Peter, elle s'était juré qu'elle ne cacherait plus jamais qui elle était vraiment. Qu'elle ne feindrait plus de paraître ce qu'on voulait qu'elle soit.

— Je considère l'auberge de l'Etang Blanc comme une zone neutre. Pas de *techno-électrologie* moderne ici. Ou, en tout cas, le moins possible.

— *Techno-électro*...

Ryder, perplexe, répéta le mot qu'elle venait d'inventer.

— La télévision n'est pas au programme, même par mauvais temps.

— Je meurs d'envie de savoir ce que vous faites par mauvais temps.

Malgré l'ironie avec laquelle il avait prononcé

cette phrase, Emma décida d'aller jusqu'au bout.

— Je sors des placards les jeux de société et toute une collection de puzzles. Il y a des tonnes de livres dans la bibliothèque et des jeux de cartes dans les tiroirs. Et j'encourage mes hôtes à éteindre leur téléphone portable et à laisser leur ordinateur chez eux.

Elle se croisa fermement les bras sur la poitrine, attendant les sarcasmes. Sachant qu'il se trompait à son sujet et la traitait avec le même mépris que Peter l'avait fait, elle pourrait mieux lutter contre l'attraction qu'il commençait à exercer sur elle.

Toutefois, à sa grande déception, Ryder déclara tranquillement :

— Puisque je suis ici par la force du destin, vous allez devoir faire une exception pour moi.

Ce n'était même pas une question et, de plus, il avait raison. Ryder n'était pas venu ici pour jouir de la magie des lieux. Pis que cela, il n'y croyait pas.

Et c'était aussi bien comme ça.

— J'ai une télévision dans ma chambre, avoua-t-elle avec réticence.

Parfois, quand le temps était trop mauvais et qu'il n'y avait personne à l'auberge, ou que ses hôtes étaient absorbés dans une partie de cartes, elle regardait l'un des films romantiques de sa collection toujours croissante. Probablement en guise de substitut au vide affectif de sa vie.

— Dans votre chambre ?

La perspective de devoir pénétrer dans la chambre de son hôtesse le dérangeait visiblement autant qu'elle-même. Emma songea à la décoration de cette pièce, qui obéissait elle aussi aux impératifs de Noël. Il y avait un sapin miniature sur la cheminée et des guirlandes accrochées aux poutres. Les murs étaient recouverts d'une tapisserie blanche, un édredon blanc s'étalait sur son lit et des coussins de différentes étoffes, toutes plus raffinées les unes que les autres, y étaient jetés comme autant de flocons immaculés.

En se représentant sa chambre avec les yeux de son visiteur, elle ne put s'empêcher de se demander comment il la trouverait.

Probablement trop blanche. Virginale.

La vierge et le guerrier…

Décidément, elle lisait trop de romans à l'eau de rose.

— Je vais apporter la télévision ici. Vous serez plus à l'aise pour la regarder devant la cheminée.

— Je vais vous aider à la transporter.

— Non, non, protesta-t-elle vivement. Elle est toute petite, ce n'est pas lourd. Installez-vous dans le salon. Je reviens tout de suite.

Elle lui tendit Tess, qui s'était endormie dans ses bras, et se rua hors de la pièce.

Elle pénétra dans sa chambre avec l'espoir que son atmosphère sereine aurait sur elle l'effet apaisant qu'elle produisait d'ordinaire. Au contraire, elle se sentit inexplicablement excitée. Son lit lui parut le théâtre idéal pour une joute amoureuse et, dans son miroir, elle ne vit qu'une sauvageonne aux boucles indomptables et aux joues trop rouges.

Malgré les principes qu'elle s'était imposés, elle ne put s'empêcher d'essayer de mettre un peu d'ordre dans sa chevelure, tout en se disant que plus le spectacle qu'elle offrait serait lamentable, mieux ce serait.

De toute façon, elle n'avait jamais été une beauté. Peter ne s'était-il pas précipité dans les bras de Monique, son ancienne petite amie, dès l'instant où celle-ci avait refait irruption ?

Sans oublier de rejeter la faute sur Emma. Avec son auberge, affirmait-il, elle l'avait négligé. Elle n'avait qu'à s'en prendre qu'à elle-même.

Elle quitta la pièce, brandissant la télévision devant elle comme une arme. Puis, très raide, elle alla la poser sur une petite table de bois de rose, entre le mur et la cheminée.

Comme tous les mâles de son espèce, une fois l'appareil allumé, Ryder focalisa son attention dessus.

— C'est ça que vous appelez une télévision ? se contenta-t-il de grommeler.

Et il en approcha son fauteuil, le bébé endormi blotti contre sa poitrine, ajoutant avec le même demi-sourire condescendant :

— Ah, oui, j'ai compris. Il n'y a qu'ici qu'on peut trouver ce genre d'objet. C'est une télévision importée du pays de vos elfes de Noël. Le seul endroit au monde où on fabrique des écrans de douze pouces.

Et il tendit une main impérieuse dans laquelle elle plaqua la télécommande.

— Quinze, rectifia-t-elle.

Il alluma l'appareil.

— En couleur ! commenta-t-il avec un ravissement feint. Belle concession à notre époque, Emma ! Je vous félicite.

Bon, en tout cas, il n'avait pas remarqué l'effort pathétique qu'elle avait fait pour se coiffer.

Ryder fit défiler les chaînes une par une.

— Vous devriez mettre des télévisions dans les chambres, Emma. Les hommes aiment regarder un match de temps en temps.

— Je sais.

Il lui jeta un regard sceptique, comme si elle lui avait donné lieu de croire qu'elle ignorait tout de ce que les hommes pouvaient aimer.

— Je tiens à ce que les gens s'engagent complètement dans l'expérience que je leur propose, poursuivit-elle, aussi solennelle que si elle défendait une cause devant la Cour suprême. L'auberge de l'Etang Blanc appartient encore aux temps anciens. Pour moi, elle évoque jeux de cartes au coin du feu, pêche à la ligne dans l'étang, étoiles filantes dans le ciel l'été, promenades en raquettes l'hiver.

Elle aurait pu aussi bien épargner sa salive. Ryder ne lui prêtait plus la moindre attention.

Il avait installé sur ses genoux Tess qui, son petit derrière en l'air, la joue écrasée sur le jean, dormait toujours paisiblement.

Ryder la retenait d'une main protectrice et le tableau qu'ils offraient tous les deux se serait parfaitement intégré au décor si son autre main n'avait pas agrippé avec autant de frénésie la télécommande.

Et, tandis que les chaînes défilaient l'une après l'autre, prédisant toutes la même tempête, le visage du visiteur s'assombrissait.

Une chose était certaine : il n'y aurait pas d'amélioration avant le lendemain matin. Et même alors, la réouverture des routes dépendrait de la vitesse à laquelle pourraient officier les chasse-neige. L'une des chaînes montra une route des alentours de Fredericton. C'était un spectacle de dévastation : le ruban d'asphalte était barré par des poteaux électriques et des arbres, qui s'étaient couchés en travers sous le poids de la glace.

D'un doigt, Ryder éteignit l'appareil, puis décocha à son hôtesse un regard furibond.

— Où alliez-vous ? interrogea-t-elle d'une voix douce. Quelqu'un vous attend-il quelque part ?

— Non. Personne ne nous attend.

Cela en disait long sur lui-même, sur sa vie solitaire. Non qu'il suscitât en elle la moindre sympathie. Sans la petite fille endormie sur sa cuisse, il serait même franchement rebutant malgré son charme évident.

— Alors, où alliez-vous ? répéta Emma.

— Chez moi, dans mon chalet du lac Kackaticka.

Emma fronça les sourcils. Elle connaissait bien le lac et les petits hameaux de luxueux chalets et cottages qui en bordaient les rives. En cette saison, l'endroit était désert. Quelques rares résidents à l'année veillaient sur les résidences vides et il y faisait froid et humide.

— Qui comptez-vous voir là-bas, en plein hiver ?

— Personne, rétorqua-t-il sans prendre la peine de dissimuler sa satisfaction.

— Combien de temps avez-vous l'intention d'y rester ?

Il haussa les épaules sans répondre.

— Le week-end ?

De nouveau, un haussement d'épaules et elle soupçonna la vérité.

— Ne me dites pas que vous aviez l'intention d'y passer Noël !

— Si. Et j'y tiens toujours.

— Seul ?

— Non. Avec Tess.

— Mais quel triste Noël pour elle ! Y avez-vous pensé ?

Une ombre fugitive traversa le visage masculin à l'expression toujours si pleine d'assurance.

— Elle n'a aucune idée de ce qu'est Noël.

Après tout, se réprimanda sévèrement Emma, il avait le droit d'élever cette enfant comme il l'entendait. Et il était son hôte. De quel droit se permettrait-elle d'argumenter sur ce sujet avec lui ? D'un autre côté, ce n'était pas comme si elle l'avait invité à l'auberge de l'Etang Blanc. Ou qu'elle ait convoqué le mauvais temps spécialement pour lui.

Ce fut cependant plus fort qu'elle. Elle avait commencé à se mêler de ce qui ne la regardait pas et elle ne pouvait plus s'arrêter. Ne serait-ce que dans l'intérêt de Tess.

— C'est la chose la plus triste que j'ai entendue depuis longtemps !

Il lorgna l'écran éteint de la télévision puis,

s'emparant de la télécommande, ralluma l'appareil.

— A mon avis, vous êtes enfermée depuis trop longtemps dans votre maison de conte de fées. Vous ne connaissez pas vraiment le sens du mot « triste ».

Emma baissa les yeux. De nouveau, se levait au fond de sa mémoire le fantôme de la petite fille qui n'avait jamais connu Noël. Elle aurait voulu expliquer à Ryder ce qu'avait été son enfance. Mais à quoi bon ? Après tout, ce n'était qu'un visiteur de passage.

En revanche, il y avait Tess et, pour la petite fille, elle se sentait tous les courages.

— En privant votre nièce de cette fête conçue pour les enfants, vous ne vous montrez pas seulement égoïste. Vous êtes cruel !

Ce fut le moment que choisit le présentateur pour annoncer, en désignant une carte zébrée de traits rouges, qu'il faudrait compter trois jours pour que la circulation reprenne normalement.

Ryder jura entre ses dents. Puis il reporta son attention sur son interlocutrice.

— J'aimerais vraiment que vous me montriez cette chambre, annonça-t-il en se levant, soulevant le bébé avec une grâce inconsciente pour le caler contre son épaule. J'ai l'impression que la situation ne pourrait pas être pire.

— En effet, commenta sobrement Emma.

Ils se trompaient tous les deux.

Soudain, les lampes clignotèrent, la lumière baissa, puis redevint vive, avant de s'éteindre tout à fait. La pièce se retrouva alors plongée dans l'obscurité. La télévision crachouilla avant de sombrer dans un profond silence. A présent, seules les braises d'un feu mourant dégageaient une pâle lumière d'ambre.

La voix de Ryder résonna dans la pénombre, basse et mélodieuse.

— Ne vous arrive-t-il jamais de songer que les dieux s'offrent une bonne partie de rire à vos dépens ? demanda-t-il pour la deuxième fois de la soirée.

— Si. Mais ils n'ont pas pensé à tout. Il y a une cheminée dans chaque chambre, avec un foyer fermé. Dans ces montagnes, on ne sait jamais.

Les yeux d'Emma s'habituaient à l'obscurité. La lueur du feu jouait sur les méplats du visage de son compagnon. Elle retint un soupir.

— Voulez-vous dire que cette vieille ruine

nous fournira quand même un abri pour cette nuit ?

— Cette vieille ruine ? haleta Emma, piquée au vif. Comment osez-vous ?

Cela faisait tant de bien de se mettre en colère ! D'exprimer son point de vue ! Si seulement elle avait osé faire ça avec Peter, au moins une fois !

— Votre sonnette d'entrée est cassée, les poignées de vos portes tombent dès qu'on les touche, il y a du givre à l'intérieur de vos doubles vitrages. Et, tout à l'heure, quand j'ai laissé tomber le biberon de Tess dans la cuisine, il a roulé sur le carrelage jusqu'au mur.

— Et alors ?

— Et alors, cela signifie que le sol n'est plus à niveau. Les fondations ont perdu leur stabilité. Pour autant que…

Pour autant qu'elles en aient jamais eu. Emma aurait parié que c'était ce qu'il allait dire. Pourtant, Dieu sait pourquoi, il n'avait pas été jusque-là.

Dire qu'elle s'était donné tant de mal pour créer une atmosphère magique et qu'il n'avait été attentif qu'à ces détails !

— Est-ce que vous ne voyez jamais que le côté négatif de la vie ? lança-t-elle.

Au fait, combien cela pouvait-il coûter de consolider des fondations ?

— Vous avez raison, je suis désolé.

— Non, vous n'êtes absolument pas désolé ! Vous n'êtes qu'un individu égoïste qui a juré de gâcher la fête de Noël ! Pas seulement pour vous, mais aussi pour une pauvre petite nièce et pour tous les gens qui auraient la malchance de croiser votre route !

— Eh bien ! N'êtes-vous pas contente de savoir que je ne serai pas dans les parages pour vous gâcher votre Noël à vous ? rétorqua-t-il d'une voix suave, aussi peu ému que possible par son éclat.

— Ah oui ? Avec ma chance habituelle, vous serez encore ici jusqu'au réveillon, pour le seul plaisir d'empoisonner l'atmosphère.

Le silence se fit et le dur visage de Ryder parut s'adoucir un instant. Une illusion, rien de plus.

Pourtant, quand il parla, sa voix n'était plus qu'un souffle.

— Qu'est-ce que cela veut dire, avec votre chance habituelle ?

« Ne lui dis rien », lui intima une voix tout au fond d'elle. Mais une autre voix s'éleva aussitôt : « Et pourquoi se taire ? Qu'est-ce que cela change ? »

— Cela signifie que je n'ai encore jamais connu de vrai Noël. Il y a toujours eu quelque chose pour gâcher la fête. Alors, pourquoi celui-ci serait-il différent des autres ?

Le silence s'imposa de nouveau. Elle avait prêté le flanc aux sarcasmes, mais, miraculeusement, rien ne venait.

Quand il reprit la parole, elle regretta presque que ce ne fût pas pour se moquer d'elle.

— Vous n'avez jamais eu de vrai Noël ?

Pour la première fois, il avait l'air sincèrement désolé. Son cynisme habituel l'emporta néanmoins.

— Allez ! Une fille comme vous ? Je ne vous crois pas.

La jeune femme se rappela le Noël précédent. Elle était arrivée chez les parents de Peter avec tant de joie dans le cœur ! Plus qu'une maison, c'était une vaste demeure. Un véritable décor de cinéma. Les arbres qui bordaient l'allée étaient ornés de guirlandes de lumières, toutes les fenêtres étaient illuminées et l'on voyait l'immense sapin de Noël scintiller derrière l'une des portes-fenêtres du rez-de-chaussée.

Ainsi avait commencé un Noël digne des livres de son enfance.

Un Noël qui s'était achevé dans un véritable enfer.

— Et vous ? demanda-t-elle en levant les yeux vers son compagnon.

Il lui semblait déjà connaître la réponse. Les gens qui n'aimaient pas Noël n'avaient jamais rien fait pour y croire. Tout simplement.

Peut-être était-il temps pour elle aussi d'abandonner ses mythes, de remiser dans les greniers de sa mémoire cette petite fille aux yeux pleins de rêves. Noël n'était peut-être qu'une illusion comme tant d'autres. Une simple opération commerciale destinée à remplir les caisses des supermarchés.

Après une longue minute de silence, Ryder répondit, à sa grande surprise :

— Oui. J'ai connu de vrais Noëls. Des Noëls dignes de faire rêver un enfant.

Elle le sentit bouger dans le halo des flammes du foyer. Il se rapprocha, bien trop près, et se pencha sur elle.

Alors, de sa main libre, il fit la chose la plus inattendue.

Il lui caressa la joue de l'index.

— Ne vous inquiétez pas, Emma, murmura-t-il. Nous débarrasserons le plancher dès que les routes seront dégagées. Je ne vous gâcherai pas un Noël si bien préparé.

Elle vit passer dans ses yeux une poignante expression de désespoir et comprit avec stupéfaction qu'il voulait la protéger.

— Si vous avez connu de vrais Noëls, ne voulez-vous pas offrir cette joie à Tess ? Ma mère a toujours estimé que Noël était une corvée. Avec elle, c'était la période la plus triste de l'année.

Probablement n'était-ce pas seulement Noël que sa mère haïssait tant, mais le fait d'assumer son rôle de parent.

C'était pour cela qu'Emma avait toujours tout fait pour plaire aux autres, pour leur prouver qu'elle était quelqu'un de bien. Un être digne d'amour et d'attention. Etait-ce aussi la raison pour laquelle elle avait organisé ces fêtes de l'Avent ? Et ces réjouissances de Noël pour les défavorisés du comté ?

Soudain, elle se méprisa de mettre en doute la pureté de ses intentions.

— Emma, reprit Ryder dans l'obscurité, sachez que je fais tout simplement de mon mieux.

Elle ne put s'empêcher d'insister.

— Et si ce n'était pas assez ?

— Ne croyez-vous pas que c'est une question que je me pose tous les jours ?

Elle scruta son visage éclairé par la lueur dorée des flammes et lut le tourment dans ses yeux. Alors, elle sentit la colère la quitter comme les vagues désertent la plage à marée basse. Et monta en elle un sentiment qu'elle aurait voulu refouler à tout prix.

Un sentiment de douloureuse compassion.

— Si vous avez connu des Noëls heureux, pourquoi détestez-vous tant cette période de l'année ?

Cette fois, le silence s'épaissit. Comme s'il se demandait s'il allait lui dire quelque chose, luttait avec cette idée, puis décidait que non.

— Emma, je ne suis que de passage. Il n'est pas question que je me décharge de mon fardeau chez vous.

Il parlait d'un ton presque protecteur, comme

s'il voulait l'épargner. Et il avait raison. Ils n'étaient que des étrangers l'un pour l'autre.

Et la caresse légère dont il l'avait gratifiée ne changeait rien à la situation.

Ni le fait de se retrouver bloqués ensemble dans la maison par une tempête de neige, comme des naufragés sur une île.

Il avait sa croix à porter et elle avait la sienne. Et il avait raison de ne pas vouloir baisser sa garde. Il lui rappelait ainsi la conduite qu'elle devait elle-même tenir.

— Je vais aller chercher une lampe torche, annonça-t-elle. Il doit y en avoir dans la cuisine. Je vous conduirai ensuite à votre chambre. Il y a des lits d'enfant dans la plupart des chambres de la maison.

Et elle s'empressa de quitter la pièce.

4.

Quand il eut couché Tess dans le petit lit garni d'une couette et de draps fleurant bon la lavande, puis allumé un feu dans la cheminée, Ryder redescendit dans la cuisine.

Emma était en train de verser du chocolat chaud dans des bols à fleurs. Elle leva la tête et sourit.

— J'ai fait chauffer le lait sur la vieille cuisinière à bois, qui était encore allumée. J'ai pensé que cela vous aiderait à bien dormir.

Ryder ne put retenir une grimace. Cela ressemblait terriblement à une pyjama-party. Et il avait assez parlé pour la soirée. Pourtant, il sentait le froid rôder autour de la vieille maison et il éprouvait le besoin presque moral de se réchauffer.

Tirant une chaise à lui, il s'installa devant la table.

La maison. Une famille réunie autour d'un bon feu…

La scène, tout droit sortie d'un magazine, réunissait tous les éléments traditionnels du confort familial. Le feu ronflant dans le ventre du vieux fourneau de fonte noire, le chocolat chaud, le sapin qui veillait dans la pénombre du hall, et cette jolie femme en pyjama.

Car il remarqua soudain qu'Emma avait eu le temps de se changer pour la nuit et portait un pyjama blanc orné d'angelots roses.

— Est-ce que c'est difficile ? chuchota-t-elle. De vous occuper de Tess, je veux dire. Depuis combien de temps en avez-vous la garde ?

Voilà ce qu'on récoltait quand on n'y prenait pas garde. Il s'était laissé attendrir, avait accepté ce chocolat, digne gardien de son enfance, et il devait maintenant raconter son histoire. Durant une année entière, il avait évité toute relation autre que superficielle. Même les amitiés futiles le fatiguaient rapidement. Il ne pouvait pas parler de l'essentiel et le reste ne l'intéressait plus.

D'une certaine manière, il avait tué son frère. Comment entamer une conversation avec ça ? Et combien de temps faudrait-il pour connaître suffisamment une personne pour se confier à elle ? Car ce qui s'était passé un an plus tôt était devenu la plus grande part de lui-même.

Cependant, maintenant qu'il était assis dans cette cuisine chaude et odorante, au beau milieu de la nuit, avec une femme si naturelle et si accueillante malgré ses questions, c'était comme si une brèche s'ouvrait dans la forteresse de solitude à l'intérieur de laquelle il se protégeait.

— Je suis devenu son tuteur officiel il y a trois mois.

Non, il n'entrerait pas dans les détails de sa tragédie. Il ne dirait pas le long combat de Tracy pour survivre et voir grandir sa fille. Ni combien avaient été difficiles les semaines qui avaient suivi sa disparition.

Aussi ce fut d'une voix neutre qu'il expliqua :

— Comme je vous l'ai dit, j'ai embauché une nounou. C'est une femme d'âge mûr, mariée, et dont les enfants sont grands. Le contact avec les tout-petits lui manquait.

Il était tellement plus facile de parler de Mme Marckle que de lui-même !

Mais Emma revint à la charge.

— Et quand elle n'est pas là ?

— Eh bien ! Il y a ce problème de cheveux, reconnut-il. Pour le reste, je me débrouille plutôt bien. Le premier changement de couche m'a paru plus compliqué qu'une ascension de l'Himalaya sans oxygène, mais maintenant, je me sens très fier. Comme si je pouvais dire aux autres hommes : « Moi, mon vieux, je peux faire des choses que tu n'imaginerais même pas d'entreprendre. »

Il était conscient que son humour n'était qu'une façade. Mais le petit rire appréciateur d'Emma l'encouragea à poursuivre.

— Par contre, le shopping reste un cauchemar. Dès que je rentre dans un centre commercial, j'ai l'impression de me retrouver dans un congrès de volatiles. Je n'ai jamais entendu autant de voix suraiguës de femmes que dans les grands magasins. J'y vais avec l'intention d'acheter un ou deux pyjamas et je me retrouve aussitôt entouré d'une armée de vendeuses. On m'exhibe de merveilleuses couches jetables parsemées de fleurs des champs, des robes ornées de dentelle que Tess se chargerait d'arracher en dix minutes chrono et, le pire de tout, tout un attirail d'accessoires pour cheveux que la petite s'empresse de mettre à la bouche. Sans doute pour les tester.

— En tout cas, vous avez craqué pour les couches à fleurs…

Il esquissa une grimace.

— Oui. Et pour les barrettes et autres rubans également. Sans compter les chaussures les plus ridicules qu'il m'ait été donné de voir.

— Les petites bottines avec des pingouins ?

— J'achète souvent ce qu'on me propose afin d'en terminer au plus vite.

Ryder s'aperçut qu'il se plaisait à parler à Emma. Il pouvait raconter à cette quasi-étrangère cette année d'enfer. Et il sentait son barrage intérieur se fissurer sous la sollicitude de la jeune femme.

— Peut-être que, sous vos airs revêches, ces dames perçoivent quelque chose d'autre ?

Il se referma aussitôt comme une huître.

— Quelque chose d'autre ? Qu'est-ce que ça veut dire ?

— Peut-être voient-elles en vous un homme désireux de faire de son mieux dans une situation difficile. Peut-être vous admirent-elles d'assumer la situation comme vous le faites.

— Je n'ai pas le choix.

— Seulement parce qu'un homme comme vous veut toujours faire le mieux possible. Et qu'il n'envisage même pas qu'il puisse y avoir d'autres solutions.

Il eut un reniflement de dérision.

— Vous ne me connaissez pas assez pour dire une chose pareille.

Soudain, il se rappelait la voix de Tracy lui disant, la veille de son mariage : « Drew et toi, vous êtes la meilleure chose qui me soit arrivée dans la vie. Vous êtes des hommes rares. Fondamentalement bons. »

C'était avant qu'il ait trahi son frère. Qu'il ait laissé le bonheur du couple se consumer dans les flammes.

Après ça, la vie pouvait-elle avoir préservé quelque chose de bon en lui ? Et si oui, comment pouvait-il envisager de laisser une femme seule, bloquée par la neige, dans une maison sans électricité ?

Il le pouvait. Par pur instinct d'autoprotection.

— D'autres se seraient trouvé des excuses, insista son interlocutrice. Vous, quand vous tenez Tess dans vos bras, vous ne pouvez cacher la bonté qui est en vous. C'est ce qui vous rend irrésistible…

Le regard de Ryder resta un instant plongé dans celui de la jeune femme. Si elle le trouvait irrésistible, ils allaient au-devant de graves ennuis.

Elle acheva toutefois sa phrase :

— … pour ce qui concerne les enfants.

Les battements de son cœur reprirent leur rythme normal. Il hésitait à analyser le sentiment qu'il éprouvait à présent. Etait-ce vraiment du soulagement… Ou du regret ?

Alors, il décida qu'il en avait assez dit pour la nuit.

Il avala la dernière gorgée de chocolat, posa le bol sur la table et, se levant, s'étira ostensiblement.

— La journée a été longue.

— Bonne nuit, Ryder, lui dit simplement Emma. Je suis contente que vous soyez ici.

Ryder s'immobilisa sur le pas de la porte. Emma éprouvait-elle aussi cette sensation fugace d'être en famille ? En dépit de toutes ses déclarations d'indépendance, avoir un homme dans la maison la rassurait-il, tandis que la tempête faisait rage de l'autre côté des vitres ?

— Je n'aurais pas aimé vous savoir dehors, Tess et vous, par un temps pareil, ajouta-t-elle cependant.

Il aurait pu lui faire remarquer que, s'il était resté sur la route avec Tess, elle n'aurait jamais eu l'occasion de faire leur connaissance. Mais il préféra se concentrer sur ce qu'elle avait dit. C'était pour eux, dans leur intérêt, qu'elle était heureuse de les avoir chez elle, et non pour elle-même. D'ailleurs, cette grande fête de l'Avent, c'était aussi pour les autres qu'elle l'avait organisée.

Mais qui faisait quelque chose pour elle, en cette période de Noël ? Les sans-abri et les miséreux devaient venir ici pour le déjeuner de Noël, mais qu'en était-il de sa famille ? Etait-elle aussi seule au monde que lui ?

— Vous n'allez pas passer les fêtes toute seule, n'est-ce pas ? s'entendit-il demander.

— Je vous l'ai déjà dit. J'attends trente invités, de tous les âges.

— Mais ces invités, ce n'est pas votre famille.

— Ma mère doit venir aussi.

— Ah ! Très bien.

Il aurait voulu en savoir davantage, comprendre pourquoi il y avait cette incertitude dans sa voix. Mais il s'était déjà assez mêlé de ce qui ne le regardait pas.

Agité par ses pensées, tenu en éveil par la tourmente qui se déchaînait autour de la maison, Ryder, comme un chat, ne dormit que d'un œil.

Ce fut avec soulagement qu'il vit poindre une aube grise par les fentes des épais volets de bois.

S'asseyant dans le lit, il vérifia que Tess dormait toujours. Puis il pensa à Emma. Cet endroit était une trop lourde charge pour elle, même sans le travail généré par l'organisation de ces festivités. Et, malgré tous ses efforts, il ne pouvait s'ôter ce souci de la tête.

A un moment, dans la nuit, sa décision de partir s'était concrétisée.

Il fallait qu'il s'en aille.

Parce qu'il avait ri.

Parce qu'il avait baissé sa garde, aussi brièvement que ce fût, et qu'il avait cédé à la tentation de se montrer sous un autre jour. Parce que, même sans le vouloir, on pouvait tomber sous le charme d'une femme comme Emma.

Se levant d'un bond, il descendit dans le salon, ajouta du bois dans le feu et écarta légèrement l'un des épais rideaux. Le vent s'était apaisé et l'atmosphère était calme. L'horizon teinté d'un beau bleu indigo annonçait une belle journée. Dans la lumière croissante du jour, il aperçut des branches cassées jonchant la pelouse, en face de la maison. L'une d'entre elles, particulièrement volumineuse, avait manqué sa voiture de peu.

Des franges de glace d'un bleu transparent pendaient des arbres et la ligne électrique qui desservait la maison était à terre, alourdie par la gangue de gel qui entourait ses fils.

Mais la tempête était apaisée.

Il fallait désormais quitter les lieux. Mais où, avec toutes ces routes fermées ?

N'importe où.

D'autres voyageurs devaient être immobilisés par la tempête. On avait dû ouvrir des églises, des écoles, pour recueillir les naufragés de la route. Et la circulation ne restait jamais paralysée bien longtemps. Les routes seraient probablement dégagées dans la journée.

Il alla dans la cuisine, ses pieds aussitôt gelés sur le carrelage glacé. Fouillant les tiroirs, il trouva un tournevis. Il allait réparer cette fichue poignée de porte en attendant qu'Emma se réveille.

— Bonjour.

Il se retourna. Elle se tenait sur le seuil, souriante, les cheveux plus en désordre que jamais.

— La tempête est terminée, annonça-t-il.

Elle écouta, la tête inclinée sur une épaule.

— Ah ! Quel doux sentiment de renaissance !

— Mais votre jardin est dans un état pitoyable.

Le rejoignant, elle balaya du regard le spectacle qui s'offrait à eux derrière la vitre.

Ses épaules s'affaissèrent.

— L'étang doit être dans le même état. Comment vais-je nettoyer tout ça avant l'arrivée des visiteurs ?

— Aucune idée.

Elle parut contrariée.

— Je me parlais à moi-même. Je n'attendais pas que vous me proposiez votre aide. Et vous n'avez pas non plus à vous occuper de cette poignée de porte.

Elle allait s'emparer du tournevis, mais il le cacha derrière son dos.

— Si vous pouviez ranimer le feu de la cuisinière, je ferais chauffer le biberon de Tess. Et du café. Allez, je vous en prie !

Elle pivota sur elle-même et Ryder constata que ce n'étaient pas des anges qui ornaient son pyjama, mais de petits cochons roses.

Des cochons volants.

Ce fut le moment que choisit Tess pour pousser un hurlement.

Affolée, Emma expliqua dans un balbutiement :

— Je... elle vous réclamait dans la chambre, alors j'ai pris sur moi de la descendre dans le salon. Mon Dieu, j'espère qu'elle ne s'est pas fait mal en tombant du canapé ! Je croyais qu'elle s'était rendormie...

Ils partirent comme deux flèches jumelles en direction de la pièce d'où provenaient les cris. Ce n'étaient pas ses habituels glapissements de colère ou de revendication. On aurait dit plutôt le hurlement de panique d'un animal pris au piège.

Quand ils entrèrent dans la pièce, Tess était assise sur le tapis et elle hurlait à pleins poumons en regardant le feu dans la cheminée.

Ryder se précipita sur elle et, la prenant dans ses bras, la berça contre sa poitrine.

— Chut ! Je suis là. Chut ! Maman est là, mon petit.

Et il avait beau affirmer ne pas savoir s'y prendre, on aurait dit que la mère de Tess était en effet à ses côtés, calmant l'enfant, car les pleurs s'apaisèrent bientôt.

Toutefois, elle refusa obstinément que Ryder la pose où que ce soit, et encore plus de regarder dans la direction de la cheminée.

Bon sang ! Le feu ! Il aurait dû y penser. Tess avait dû être traumatisée. Une fois de plus, Ryder éprouva le poids de son incompétence. Puis il sentit sur lui le regard d'Emma et, levant les yeux, vit un tendre sourire éclairer le visage féminin.

Il aurait juré que quelques larmes brillaient aussi dans ses yeux.

— Je m'en vais, annonça-t-il.

Il fallait partir avant qu'elle se mette à trop

l'admirer. Avant qu'il ne puisse plus se passer de cette expression dans son regard.

C'était une expression qui effaçait toutes ses incertitudes, un regard qui disait, aussi clairement que si Emma l'avait formulé à voix haute, qu'elle le trouvait à la hauteur.

Serrant les dents, il se dit que la jeune femme ne connaissait pas toute l'histoire. Et il répéta d'une voix plus ferme :

— Je m'en vais.

5.

Ryder cherchait à se convaincre que ce n'était pas seulement par égoïsme qu'il avait pris cette décision. Tess avait été terrifiée par le feu dans la cheminée. Il avait senti son petit corps trembler dans ses bras, il avait vu son poing minuscule serrer si fort sa chemise qu'il n'était pas parvenu à l'en détacher.

Il ne pouvait pas rester avec l'enfant dans cette maison, dont la seule source de chaleur, avec le fourneau de la cuisine, était la cheminée.

— Est-ce que Tess va mieux ? s'enquit Emma. Que s'est-il passé ?

— Elle a eu peur du feu.

Dieu merci, la jeune femme accepta cette explication sans demander de détails. Ses yeux se portèrent sur les arbres, au-dehors. Le soleil commençait à envahir le paysage.

— Est-il bien raisonnable de prendre la route

maintenant ? Vous devriez d'abord écouter le bulletin météo. Les routes sont sans doute encore fermées.

Sans électricité, il serait difficile d'écouter quoi que ce soit, à la télévision comme à la radio. Mais il sentait que ce n'était pas une explication rationnelle dont Emma avait besoin.

Emma souhaitait le voir rester, comme si elle avait commencé à tisser un lien invisible avec lui, qui n'était pourtant pas fait pour s'attacher.

— Les routes ne restent jamais fermées bien longtemps, rétorqua-t-il.

Du moins, il l'espérait. Ce n'était pas pour rien que la tempête de 1998 avait été appelée « la tempête du siècle » : cela n'arrivait qu'une fois par siècle.

Bien sûr, ils venaient d'en entamer un nouveau. Et avec sa chance…

— Vous n'avez rien d'urgent à faire, insista Emma, un pli soucieux lui barrant le front tandis que son regard se posait sur la petite fille. Votre chalet ne va pas s'envoler.

Si, il avait quelque chose d'urgent à faire. Il fallait qu'il répare très vite les brèches creusées dans les remparts de sa forteresse la veille au soir. Même consolidée, cette forteresse ne serait plus un lieu aussi sûr qu'auparavant. Et Emma connaissait maintenant ses points faibles. S'il restait, elle n'aurait aucun mal à se faufiler jusqu'à lui.

— J'ai beaucoup apprécié votre accueil, Emma. Mais nous vous avons imposé notre présence assez longtemps.

Elle ouvrit la bouche, comme pour protester, puis la referma.

— Si vous voulez bien me préparer ma note, je vais m'occuper de Tess. Je suppose que vous n'acceptez pas les cartes de crédit ?

Voilà, c'était ce qu'il fallait faire. Ramener la conversation à de simples questions matérielles, malgré ce qu'ils s'étaient dit la veille. Malgré le chocolat chaud au coin du fourneau et la magie de la maison qui les enveloppait.

Malgré le fait qu'elle n'avait jamais eu de vrai Noël.

Elle eut l'air indignée.

— Il n'est pas question que je prenne votre argent. Des hot dogs en guise de dîner et une chambre mal chauffée ! Non, considérez votre séjour à l'auberge de l'Etang Blanc comme un cadeau, aussi humble soit-il.

Ryder savait maintenant déchiffrer le visage de son hôtesse. Et il sut décrypter cette expression entêtée. Il lui enverrait un chèque après Noël. Non, un mandat-carte, car elle serait capable de ne pas encaisser le chèque même si, après Noël, elle devait hypothéquer la maison pour payer les centaines de hamburgers et de hot dogs qui attendaient ses improbables visiteurs.

Il ferait en sorte de lui envoyer une somme plus que confortable.

— A propos des hot dogs, dit-il, si la panne de courant s'éternise, n'oubliez pas de les sortir du congélateur pour les mettre dehors. Il y fera plus froid !

« Quel héros ! ne put-il s'empêcher de penser. C'est bien moi, ça, de la laisser toute seule sans électricité et de lui donner des conseils pour conserver ses hot dogs ! »

Un bruit de moteur brisa le silence. Celui d'une motoneige, indubitablement.

Il faisait grand jour, à présent. Tout autour de l'auberge, le paysage, avec ses arbres couchés, évoquait une illustration de conte de fées. Un conte de fées qui aurait connu un cyclone.

Mais l'épais manteau de neige conférait à l'ensemble une féerique beauté.

La motoneige, qui tirait un traîneau, apparut à l'angle de la maison. Un homme était au volant et, dans le traîneau étaient installées une femme et deux petites filles.

— Mes voisins, annonça Emma, un sourire joyeux aux lèvres. Les Fernshaw. C'est Tim qui conduit. Derrière, il y a sa belle-fille, Mona, et ses deux petites-filles, Sue et Peggy.

Un vif soulagement envahit Ryder. Il ne la laissait pas seule, en fin de compte. Elle aurait à ses côtés des personnes qui se souciaient assez d'elle pour venir à sa rescousse dès le lever du jour.

Il était libre de partir.

Les Fernshaw pénétrèrent bruyamment dans la maison, chargés de bouteilles Thermos et de plusieurs paniers remplis de victuailles, dont un pain chaud qui embauma aussitôt le hall d'entrée. Un brouhaha s'ensuivit tandis qu'on faisait les présentations.

Les fillettes, âgées de neuf et onze ans, repérèrent tout de suite Tess.

— Un bébé ! s'écrièrent-elles d'une seule voix.

Posant leur panier, elles se précipitèrent sur elle. La plus âgée, Sue, la prit des bras de

Ryder avec une surprenante habileté, l'installa sur sa hanche et vola jusqu'à sa mère avec un sourire extasié.

— Maman, regarde ! Regarde comme elle est chou ! Oh ! J'ai hâte de m'occuper de ses cheveux !

Aussi tentante que fût la perspective de rester pour voir Tess enfin coiffée et de goûter le contenu de ces paniers odorants, Ryder estima le moment idéal pour prendre congé.

— En fait, Tess et moi étions justement sur le point de partir, annonça-t-il, étonné de son manque d'enthousiasme.

— Maintenant ? s'étonna Tim.

L'homme, âgé d'une soixantaine d'années, avait les cheveux blancs coupés en brosse et le visage buriné. Tout en retirant ses bottes sur le tapis de l'entrée, il s'était retourné vers Ryder et le dévisageait d'un œil surpris. Puis il enveloppa du regard le désordre de la grande salle et fronça les sourcils.

— Nous avons été surpris par le blizzard, expliqua Ryder. Mais maintenant que la tempête s'est calmée, nous partons.

Tim avait ce genre de visage à l'expression franche qui inspirait confiance. On y lisait de vieux tourments enfouis et une maîtrise de soi qui suscitait respect et sympathie. Et Ryder aimait aussi l'idée qu'il se fasse du souci pour sa jeune voisine solitaire.

— Vous croyez que je serais arrivé en motoneige avec toute ma petite famille si la route était dégagée ? Il y a des arbres couchés partout.

Ryder le dévisagea. Il était si pressé de partir qu'il n'avait pas pris la peine d'analyser la situation.

— Vous feriez mieux de vous équiper chaudement, mon garçon. Le travail nous attend. Vous savez vous servir d'une scie électrique ?

Ryder aurait voulu protester. Jamais encore on ne l'avait appelé « mon garçon » ! Et il supportait difficilement l'idée de différer son départ.

— Nous prendrons le petit déjeuner dans le salon, annonça Mona. Il fait trop froid dans le reste de la maison.

— Tess a peur de la cheminée !

Personne ne tint toutefois compte de ses paroles et Tess, visiblement sous le charme, ne jeta qu'un regard méfiant au feu de bois avant de se laisser installer entre les deux petites filles, qu'elle regardait avec un sourire extasié.

Une nappe fut étendue sur la table, les paniers furent vidés de leur contenu et tous se retrouvèrent bientôt devant des assiettes remplies de tartines à la confiture et de bols de café fumant.

La magie de l'endroit monta encore en intensité tandis que les fillettes engageaient une conversation animée avec Tess… et avec lui.

— Voici ma poupée, lui annonça Peggy en agitant une vieille poupée de chiffon devant son visage. Elle s'appelle Bebo.

— Hmm… Un prénom peu commun.

— C'est joli, non ?

Ryder ne voulait pas attrister le clair regard levé vers lui.

— Disons que c'est… original.

— Je ne sais pas ce que cela veut dire.

— Original, cela signifie « très joli ».

Il lança un regard fulminant en direction d'Emma, dont il venait d'entendre le rire étouffé.

L'attention soutenue des deux petites filles le mettait mal à l'aise. Mona lui souffla à mi-voix :

— Mon mari, Tim junior, est dans les Forces canadiennes. Et il leur manque. Je suis désolée.

Ryder regrettait d'avoir manifesté sa mauvaise humeur, mais il serait heureux de partir dès que la route serait dégagée. Il n'avait pas l'âme d'un héros. Même de substitution.

— La situation ne doit pas être facile pour vous, dit-il.

La jeune femme baissa encore la voix, les yeux sur son beau-père, qui quittait déjà la pièce pour aller vérifier que la tuyauterie n'avait pas gelé.

— C'est encore plus difficile pour lui. Il a perdu sa femme il y a deux ans et, depuis que son fils est parti, il vieillit chaque jour un peu plus.

Souffrances. Ryder avait bien déchiffré le visage du vieil homme. Cette famille-là aussi possédait son lot de chagrins et de soucis.

— Avez-vous de l'électricité, chez vous ? demanda-t-il pour changer de sujet.

Mona secoua la tête.

— Non, pas plus que vous. Mais nous disposons d'un de ces immenses fours à bois comme les pionniers en construisaient dans le temps. On peut y faire cuire tout ce qu'on veut et il chauffe toute la maison… Qui n'est pas aussi grande que celle-ci, bien sûr.

De nouveau, Ryder éprouva ce besoin de fuite, ce désagréable sentiment de frustration. Puis il capitula.

Puisqu'il ne pouvait aller nulle part pour le moment, pourquoi ne pas apprécier à sa juste valeur le bon pain chaud, la confiture maison et le délicieux café ? Il pouvait aussi se réjouir de l'aimable innocence de ces enfants, qui leur manifestaient de la gentillesse, à Tess et à lui, sans que rien ne les y oblige.

— Aimeriez-vous prendre Bebo ? lui demanda Peggy.

Il entendit de nouveau le rire d'Emma tandis qu'il cherchait une réponse diplomatique. Charitablement, la jeune femme vint à sa rescousse.

— Moi, j'aimerais bien, Peggy.

— Non, moi ! glapit alors Tess, et Peggy céda, bien que la petite fille fût déjà couverte de confiture.

Bien sûr, participer à la gaieté ambiante, c'était aussi profiter du charme qui s'enroulait autour de lui, essayant de le soumettre à sa loi. D'une certaine manière, tandis que Ryder absorbait les rires et la joie, il était conscient que quelque chose était en train de changer. Il ne se sentait plus pris au piège. Pas vraiment détendu, non, mais plus à l'aise.

Tim revint.

— Les tuyaux ne sont pas touchés, on dirait. Par où allons-nous commencer à déblayer, à votre avis ? Du côté de l'étang ou vers la route ?

— La route, décréta Emma. M. Richardson est pressé de partir.

Ryder se figea. Il s'attendait à ce qu'elle le retienne encore une fois. Mais elle ne le regardait même pas. Et il se rappela qu'il avait traité sa maison de ruine, choquant évidemment la dévotion qu'elle portait à la vieille demeure familiale.

— Voyons ce que je me rappelle de l'usage d'une scie électrique, annonça-t-il en se levant pour suivre Tim.

Le vieil homme s'immobilisa sur le seuil, enveloppant du regard la scène devant la cheminée.

— Regardez ces petites s'occuper du bébé.

Pour elles, c'est comme si Noël était arrivé en avance.

Ryder eut l'impression qu'une main lui étreignait le cœur. Tess trottinait en se dandinant d'une petite fille à l'autre, tenant fermement la poupée de Peggy dans son poing serré.

Le sentiment qu'il n'était pas à sa place lui revint en pleine figure, comme pour le punir de la joie qu'il venait d'éprouver.

Alors, Ryder prit douloureusement conscience de ce qu'il ne pouvait offrir à la petite fille.

Une famille.

Elle avait un besoin vital de la seule chose qu'il était fermement décidé à ne plus connaître.

D'ordinaire, Tess montrait une vigilance aiguë pour tout ce qui ressemblait à un départ. Quand il partait pour son travail, chaque matin, elle s'arquait dans les bras de Mme Marckle avec des cris de fureur. Mais aujourd'hui, couverte de confiture jusqu'aux oreilles, elle ne semblait pas avoir remarqué qu'il avait l'intention de l'abandonner aux mains d'étrangers.

Cela dit, Emma n'était plus tout à fait une étrangère. En une soirée, il avait eu l'impression de se rapprocher beaucoup d'elle. Quant aux Fernshaw, il doutait qu'ils puissent rester étrangers vis-à-vis de qui que ce soit plus de quelques secondes.

Il sortit derrière Tim et alla chercher dans le coffre de sa voiture ses gants et les chaussures de montagne qu'il avait emportés en prévision de son séjour au chalet. Puis il enfila sa parka sur son costume de citadin.

Tim le mit aussitôt au travail.

Deux gros sapins bloquaient l'allée conduisant à la route. Des branches brisées jonchaient le sol tout autour.

Ryder se trouva bientôt absorbé par sa tâche, sciant les branches à partir du tronc et les empilant sur le bord de l'allée. Cette intense activité physique apaisait quelque chose en lui, comme les violents exercices qu'il s'imposait plusieurs fois par semaine dans sa salle de gym.

Du coin de l'œil, il vit Emma sortir de la maison pour les rejoindre. Il arrêta la scie.

— Elles m'ont mise dehors. Mona m'a dit que je les encombrais, que j'étais toujours dans ses jambes, mais je les soupçonne plutôt d'avoir voulu garder Tess pour elles toutes seules. Un vrai congrès de volatiles en pleine action…

C'était un clin d'œil à ce qu'il lui avait dit

la veille au soir et, en constatant à quel point elle avait été attentive, il ne put réprimer une certaine émotion.

— Ah ! Et puis, j'ai enterré les hot dogs et les hamburgers dans une congère, à côté de la porte de la cuisine.

Emma avait enfilé une parka rouge vif et ses mèches blondes sortaient de sa capuche bordée de fourrure dans leur désordre habituel. Elle portait des moufles d'homme qui accentuaient la minceur de ses poignets.

— Tess n'a rien dit quand vous êtes sortie ? s'enquit Ryder, inquiet que l'incident du feu puisse se répéter.

Emma le rassura.

— Tess prend du bon temps. Mona a rempli un baquet d'eau chaude qu'elle a installé devant le feu et elle montre à Sue et à Peggy comment on donne le bain à un bébé. Tess était si mignonne là-dedans que c'était à pleurer. J'ai demandé à Mona de prendre des photos. Je vous les enverrai par mail. Après.

Après leur départ, évidemment. C'était comme si Emma venait de tisser entre eux un mince fil qui leur permettrait de garder le contact.

Un fil qui ne rendrait pas la séparation aussi définitive qu'il le souhaitait.

Il voulait quitter cet endroit et tous les sentiments inconfortables qu'il suscitait en lui et ne plus jamais regarder en arrière.

— Attention à la glace, la prévint-il, comme pour détourner son attention. De temps en temps, il en tombe des branches un fragment grand comme une vitre.

— Vous aussi, faites attention !

— A quoi ?

Déjà, elle avait pris une poignée de neige, qu'elle comprima dans ses deux mains avant de la lui lancer au visage.

Elle avait raté sa cible et il reçut la boule de neige en pleine poitrine.

Malgré son air de souhaiter son départ autant que lui-même, de nouveau, elle s'engouffrait dans la brèche de ses défenses. Intentionnellement ?

« Ne fais pas ça ! » s'intima-t-il.

Pourtant, après avoir calé la scie contre le tronc dont il venait de dépouiller les branches, il ramassa à son tour à pleine main une poignée de neige qu'il transforma en une boule. Emma courait déjà dans l'allée en riant, certaine de lui échapper.

Il envoya la boule. Manqua son coup. Et, pendant un instant, sans en avoir pleinement conscience, sans aucune préméditation ni analyse du phénomène, il redevint son ancien moi, un homme comme les autres, avide des plaisirs de la vie.

Et qui ne supportait pas d'avoir manqué son but.

Il confectionna une autre boule et se mit à courir dans l'allée après Emma. Elle rit de plus belle et disparut derrière un arbre. La boule de neige s'écrasa contre le tronc argenté.

— Ta ta ta ! claironna la voix féminine.

Sa tête surgit brièvement de derrière le tronc et elle lui adressa un pied de nez.

Il envoya une autre boule et la jeune femme disparut de nouveau. Se baissant rapidement, il ramassa de la neige, puis avança à pas de loup. La tête encapuchonnée de rouge surgit de derrière un autre tronc. Une boule de neige vola vers lui et l'atteignit en plein visage.

C'était une déclaration de guerre ! Il chassa la neige d'un revers de main et, quand Emma se montra de nouveau, envoya son projectile comme un boulet de canon. Puis un autre. Et encore un autre. Il s'attendait à ce que la jeune femme sorte de son refuge en demandant grâce, mais elle n'en fit rien. Elle ramassa une brassée de neige fraîche et, courant sur lui, la lui déchargea sur les jambes.

Ryder ne put retenir un éclat de rire.

— Vous sauriez neutraliser n'importe quel agresseur, n'est-ce pas, Emma ?

— Aviez-vous l'intention de m'agresser ? demanda-t-elle, le regard innocent.

Certainement pas ! Ryder se ressaisit. Voilà ce qui arrivait quand on jouait à des jeux ridicules. Les doubles sens et les malentendus commençaient.

Mais il ne put s'empêcher de lui dire encore :

— Restez sur vos gardes ! Je me vengerai.

Le rire d'Emma fusa dans l'air glacé et elle redescendit l'allée d'un pas tranquille. Il alla reprendre la scie et regarda un moment la jeune femme rassembler des branches, un petit nuage s'exhalant de ses lèvres tandis qu'elle s'appliquait à sa tâche.

Ryder fronça les sourcils. Les branches

qu'elle manipulait étaient bien trop grosses pour elle.

— Inutile de gaspiller votre salive, intervint Tim, qui avait suivi son regard. Si vous lui dites que c'est un travail d'homme, elle va choisir des branches encore plus grosses. C'est une tête de mule.

Mais son regard brillait d'affection.

« Ne pose pas de questions ! », se dit Ryder. Il s'entendit néanmoins demander :

— A quoi ressemble sa famille ?

— Il n'y a plus que sa mère et elle, maintenant que la grand-mère est morte.

Le vieil homme hésita, dévisageant Ryder comme s'il soupesait la légitimité de ses mots.

— Et on ne peut pas dire que Lynelle ait décroché la médaille de la meilleure mère de l'année.

— Lynelle, c'est sa mère ? Elle va venir pour Noël, n'est-ce pas ?

De quoi se mêlait-il ? Pourquoi la perspective de l'arrivée de la mère d'Emma lui donnait-elle le sentiment de le dégager d'une responsabilité ?

— Mmm. La mère d'Emma ne s'est jamais

beaucoup intéressée à cet endroit. Elle l'a fui dès qu'elle a pu.

— Mais ce n'est pas une question d'endroit. Noël est une fête familiale…

Tim eut l'air gêné et Ryder put lire dans son regard qu'il n'était pas certain que Lynelle s'intéresse non plus beaucoup à sa fille.

— Bah ! conclut son interlocuteur. On ne choisit pas sa famille…

Ryder regretta de l'avoir questionné. Maintenant, il savait qu'Emma était aussi seule que lui-même. Peut-être encore davantage. Parce que lui, il avait Tess.

Il comprenait mieux à présent pourquoi la jeune femme tenait tellement à faire de ce Noël un moment parfait. Pour elle, rendre les gens heureux, créer une joyeuse atmosphère, c'était oublier sa propre solitude.

Dans un sens, Emma et lui avaient le même objectif. Ils avaient seulement choisi des moyens différents.

Troublé, il se concentra sur sa tâche. Mais malgré tous leurs efforts, à midi, les deux hommes n'avaient encore déblayé que la moitié de l'allée. Une cloche retentit et Ryder réalisa que c'était Mona qui les appelait pour le déjeuner.

Et qu'il mourait de faim.

— Mama ! s'exclama joyeusement Tess en le voyant.

Elle était assise dans une chaise haute devant le feu et les petites filles, debout de chaque côté d'elle, étaient occupées à démêler ses cheveux encore humides. Elle avait pris un bain, portait une jolie tenue de sports d'hiver sortie de son sac de voyage et un nœud blanc ceignait son front.

Emma, entrée derrière Ryder, tapait ses bottes sur le seuil pour en retirer la neige.

— N'est-elle pas adorable ! s'exclama-t-elle. On dirait une petite reine entourée de ses dames d'honneur.

Il retira ses bottes lui aussi et s'approcha de l'enfant pour inspecter le résultat du labeur des deux fillettes. Presque tous les affreux tortillons de cheveux emmêlés avaient disparu. Il tendit la main pour voir.

Tess poussa un hurlement.

L'aînée des deux fillettes dit aussitôt d'un ton sévère :

— Ça suffit, Tess. Plus question de ça, maintenant !

Et, comme par magie, Tess s'arrêta aussitôt, la bouche ouverte. Il lui toucha de nouveau les cheveux et, cette fois, l'enfant regarda ses deux mentors d'un air soumis. Puis elle murmura doucement :

— Mama…

— Ryder n'est pas ta maman, Tess. Il faut dire « papa ».

— Je suis son oncle. Et je préférerais qu'elle m'appelle Ryder. C'est plus simple.

— Ryder, répéta Sue. Tu entends, Tess, c'est Ryder.

— Dadeur ! répéta obligeamment l'enfant.

Dire que cela faisait trois mois qu'il essayait de lui apprendre à ne plus l'appeler « maman » !

La gent féminine connaissait ces choses. Un instinct ancestral leur dictait comment s'y prendre avec les bébés. Pourrait-il jamais apprendre tout cela ?

Il avait fini par se résigner. Tout ce qu'il demandait maintenant, c'était de ne pas causer trop de dégâts. Et, un moment, Emma lui avait donné le sentiment encourageant qu'il ne s'en sortait pas trop mal. Or, à présent, voilà qu'il se sentait envahi par un profond découragement.

Il se demanda un bref instant comment, même s'il évitait de donner son adresse de courrier électronique à Emma, il pourrait laisser tout cela derrière lui.

Peggy, la cadette des filles de Mona, s'approcha de lui pendant qu'ils mangeaient.

— Tu voudrais voir mon dessin ?

Elle le lui tendit. Un bébé joufflu, qui ressemblait à Tess à cause de ses cheveux, souriait joyeusement devant un sapin de Noël.

— C'est très joli, dit-il gauchement. Et très ressemblant.

— C'était juste avant qu'on s'occupe de sa coiffure, expliqua Peggy avec un sourire ravi.

Puis il dut admirer le dessin de Sue. Elle avait représenté un homme en uniforme devant un sapin décoré.

— C'est mon papa, expliqua-t-elle.

La manière dont elle prononça ces mots, avec une évidente fierté, bouleversa Ryder.

Il pensait à tout ce qu'il n'avait pas su

faire pour Tess. A tout ce qu'il n'avait pu lui apporter. Et à ce que ses parents défunts ne lui apporteraient jamais. La peine tomba sur lui comme une chape de plomb, et, sourd aux cris et aux rires qui l'entouraient, il sombra dans la nuit.

Alors, lentement, une pensée s'insinua en lui comme un rayon de lumière. C'était Emma, avec son sens inné du bonheur, son habileté à se faufiler entre ses défenses, avec son rire et ses boules de neige, qui avait réveillé la vie en lui.

Et la douleur.

Il bondit sur ses pieds et, sans un regard pour elle, retourna à son labeur.

— Pas de festivités de l'Avent non plus ce soir, constata tristement Emma, alors qu'ils atteignaient enfin le bout de son allée.

Ils avaient encore consacré tout l'après-midi à la tâche. La journée touchait à sa fin et le soleil était bas sur l'horizon.

Un souffle glacé montait de la terre.

Elle percevait physiquement la présence de Ryder, les vibrations qui se dégageaient de son grand corps, tandis qu'il se tenait à ses côtés, observant l'endroit où l'allée rejoignait la route. Il y avait encore quelques minutes, le soleil dardait des rayons étonnamment chauds et il avait retiré anorak et pull pour se retrouver en T-shirt. Les muscles de ses avant-bras restaient contractés sous l'effort. Emma pouvait sentir son odeur d'homme, aussi puissante que les ondes qui circulaient entre eux.

Elle avait déduit du costume de ville qu'il portait à son arrivée qu'il exerçait une profession de cadre et il le lui avait confirmé en lui révélant qu'il était architecte. Mais en le voyant gérer sans broncher le désastre de l'allée, travaillant sans faiblir des heures durant, elle avait été impressionnée par son endurance.

Même Tim avait admiré la performance de Ryder, le remplissant de gêne lorsqu'il avait déclaré à haute voix : « En voilà un qui n'a pas les deux pieds dans le même sabot. »

Maintenant, elle contemplait la route qui menait à la ville avec un désespoir non dissimulé. Le macadam était tout aussi jonché d'arbres entiers, de branchages et de congères envahissantes que son propre domaine. Elle guetta au loin le moteur des chasse-neige et le bruit des scies électriques. Mais seul un silence angoissant régnait sur la vallée.

— J'ai l'impression que Tess et moi, nous n'irons nulle part aujourd'hui.

Elle jeta un bref regard à Ryder, qui venait de prononcer ces mots. Il avait l'air aussi résigné qu'un soldat à qui on aurait annoncé qu'il aurait d'autres batailles à affronter.

Ce n'était pas très gratifiant.

Mais le regard qu'il posait sur ses lèvres l'eût été davantage… s'il ne l'avait aussitôt détourné.

Emma le regarda s'éloigner et un délicieux frisson la traversa malgré la fatigue. Elle se sentit tout à coup plus vivante. Soudain, l'existence lui semblait pleine de possibilités.

Puis ses pensées revinrent à la situation présente. C'était un véritable désastre. Pas de fête ce soir, et donc, aucune recette. Et pour combien de temps encore ?

Bah ! A quoi bon s'étonner. Ce n'était qu'un Noël raté. Un de plus.

Et pourtant, tout au fond d'elle-même, une petite musique égrenait ses notes joyeuses. Peut-être était-ce à cause de l'air glacé, de la beauté du paysage, de ce grand homme tout proche. Et d'une bataille de boules de neige.

Le côté rationnel de sa personne savait pertinemment que la meilleure chose à faire était de lui dire adieu. Cependant, elle en avait assez de se montrer raisonnable.

Les deux personnes auxquelles elle avait tenu le plus dans sa vie, sa mère et Peter, n'avaient pas hésité à faire ce qui leur passait par la tête et à agir en fonction de leurs propres intérêts.

Même sa mère s'était fait littéralement supplier avant d'accepter de venir.

« D'accord, d'accord, avait-elle bougonné au téléphone. Je viendrai. Mais n'oublie pas de m'envoyer un billet pour le car. C'est devenu fichtrement cher. Avoir ta mère chez toi pour Noël ! Je me demande bien d'où tu tiens ce côté fleur bleue. »

Et elle avait raccroché.

Une main chaude se posa sur son poignet.

— Hé ! Il ne faut pas le prendre si tragiquement, dit Ryder. Les routes seront certainement rouvertes demain.

Puis il ajouta plus bas :

— Je vous en prie… Ne pleurez pas !

C'est ce qui fit prendre conscience à la jeune femme que des larmes coulaient de ses yeux. Elle les essuya de sa main gantée.

— Je ne pleure pas, murmura-t-elle. C'est le froid.

Comme s'il ne l'avait pas entendue, il lui saisit le menton entre deux doigts, retira le gant de son autre main avec les dents et lui essuya doucement les yeux. Elle lut de la contrariété dans son regard, comme s'il luttait contre l'envie de s'éloigner de sa douleur.

— Venez, dit-il en lui passant un bras amical autour des épaules. Je suis sûr que vous aurez un bon Noël cette année. En attendant, voyons quel miracle Mona nous a concocté pour le dîner.

Dès qu'ils eurent franchi la porte, Sue et Peggy, qui avaient visiblement materné Tess tout l'après-midi, lui sautèrent au cou comme s'il était leur oncle préféré. Tess les suivait de près, arborant une chevelure piquetée de rubans blancs.

— Mama, dit-elle.

— Non, Tess ! la réprimanda aussitôt Sue.

— Dadeur ? s'enquit l'enfant.

— Oui !

Les deux fillettes se mirent à danser autour d'elle comme si Tess avait décroché le gros lot.

Ryder caressa les cheveux de sa nièce, qui n'émit pas un son de protestation.

— Tess « zolie », expliqua-t-elle en levant ses grands yeux vers Ryder. Tess « soiffée ».

— Elle dit qu'elle est jolie, traduisit obligeamment Sue. Elle se trouve bien coiffée.

— Jolie ? Non, je ne trouve pas, rétorqua Ryder.

Tous les sourires s'éteignirent.

Il secoua la tête.

— Non, répéta-t-il. Tess n'est pas jolie. Elle est magnifique. Stupéfiante. Eblouissante !

— Originale ! ajouta Peggy, fière d'utiliser son nouveau vocabulaire.

Ryder se mit à rire et, soulevant Tess, il la secoua au-dessus de sa tête, tandis que les petites jambes pédalaient dans le vide. Puis il la reposa sur le sol, non sans avoir embrassé ses deux joues roses.

Emma aurait pu le regarder jouer avec l'enfant pendant des heures, mais elle préféra quitter la scène et partit à la recherche de Mona.

Elle la trouva sous le porche de derrière, en train de ramasser des branches de sapin pour en faire des couronnes.

— La route n'est toujours pas ouverte, annonça-t-elle. Je crains que nous n'ayons plus besoin de couronnes. Nous n'aurons probablement même pas l'occasion de vendre celles que nous avons déjà confectionnées.

Elle prit son courage à deux mains pour poursuivre :

— J'apprécie beaucoup que vous soyez venus passer la journée ici, Tim, toi et les petites. Mais je ne peux rien prévoir pour demain. Si les festivités de l'Avent ne commencent pas très vite, je serai sans doute dans l'impossibilité de vous payer.

Mona lui lança un regard de reproche.

— Nous sommes venus aujourd'hui en voisins et en amis. Pas comme tes employés. Et nous viendrons aussi longtemps que tu auras besoin de nous.

Emma sentit de nouveau les larmes lui monter aux yeux.

— Et puis, tu sais combien j'aime cette maison, poursuivit la jeune femme. Et j'ai besoin de m'occuper. Ça m'évite de penser à Tim. Deux soldats des Forces canadiennes sont encore morts cette semaine.

Les yeux de Mona s'emplirent de larmes, qu'elle essuya d'un geste vif.

— Il ne faut pas que les filles me voient pleurer. Venez tous les trois dîner chez nous ce soir. J'ai prévu un gros poulet de grain élevé pour les fêtes. Et grâce au four à pain, nous aurons chaud dans la cuisine.

A la perspective de tant de chaleur, aussi émotionnelle que physique, Emma fut incapable de refuser.

Tel ne fut cependant pas le cas de Ryder. Il déclina l'invitation avec une politesse empruntée, refermant brutalement la petite fenêtre qui s'était ouverte en lui pendant la bataille de boules de neige.

— Nous garderons la maison, Tess et moi. J'ai tout ce qu'il faut pour la nourrir. Et je peux me contenter d'un hot dog pour le dîner.

Emma se refusa à le supplier. Elle savait que Ryder représentait pour elle un danger et ne se sentait pas assez forte pour lui résister. Mona, en revanche, ne l'entendait pas de cette oreille.

— Vous n'allez pas manger un hot dog pour

toute pitance après les efforts que vous avez fournis aujourd'hui !

Ryder secoua la tête, obstiné.

S'approchant de lui, Peggy lui secoua la main pour s'assurer de toute son attention.

— Tess doit venir chez moi. Il faut que je lui montre la maison de poupée que papa m'a faite.

— Et un gars solide ne serait pas de trop, intervint Tim, visiblement gêné de demander de l'aide. Sans courant, la pompe électrique ne fonctionne pas et je vais devoir tirer de l'eau du puits.

Emma n'aurait su dire quel argument fut le plus fort. Mais Ryder finit par accepter et, à l'idée de passer toute la soirée près de lui, elle ne put réprimer un chaud sentiment de satisfaction.

Dieu sait comment ils parvinrent à faire un seul voyage, Mona à califourchon sur la motoneige derrière son beau-père, Emma, Ryder, Tess et les deux petites filles entassés dans le traîneau.

Et le trajet, qui aurait dû être inconfortable, fit à la jeune femme l'effet d'une parenthèse magique. Pas seulement parce qu'elle était pressée contre le grand corps de Ryder, bien casée entre ses cuisses, mais à cause de l'image d'ensemble. Le bébé et les fillettes poussaient des cris de joie quand Tim accélérait, faisant voler la neige autour d'eux.

Et leur équipage déchirait l'espace avec un bruit de soie.

Quand ils pénétrèrent dans la vieille ferme, dont les murs blanchis à la chaux étaient ornés de modestes décorations de Noël, elle lut dans le regard de Ryder la même réticence, la même vulnérabilité que chez elle.

Et elle se demanda comment, en rencontrant pour la première fois ce regard sombre, vingt-quatre heures plus tôt, elle avait cru voir les yeux du diable.

6.

Emma regardait avec admiration Mona se démener dans la vaste cuisine, ravivant le fourneau, allumant des lampes à huile, versant de l'eau chaude dans une grande bassine pour que les hommes puissent faire leur toilette.

Ils arrivèrent bientôt avec de grands seaux d'eau remplis à ras bord, le pantalon trempé, le front en sueur. Quand ils les eurent posés devant l'entrée du four, elle leur tendit la lourde bassine et des chemises propres et les poussa vers le porche arrière. Puis elle présenta à Emma un couteau et lui indiqua sur la table une montagne de pommes de terre.

Malencontreusement, d'où elle était, Emma avait une vue parfaite sur la porte ouverte. Elle sentit sa bouche s'assécher tandis que son regard glissait sur le torse nu de Ryder. Il avait des épaules larges, les muscles jouaient sur son torse lisse et son abdomen se creusait souplement jusqu'à la ceinture de son pantalon.

Elle sentit alors s'allumer en elle un feu inconnu. Avec Peter, elle s'était toujours sentie parfaitement maîtresse d'elle-même, gérant sans peine de tièdes émotions. Même leurs baisers avaient quelque chose de contraint et d'un peu compassé.

Rien n'avait donc pu la préparer à la sensation primaire qu'elle éprouvait à présent.

« Ce n'est qu'une distraction temporaire », se dit-elle avec fermeté.

Cela signifiait-il pour autant qu'elle pouvait en profiter autant qu'elle le voulait, au moins en le dévorant des yeux ? Un peu comme ces oranges en chocolat qu'on vous offrait seulement à Noël ?

Elle avait dû faire du bruit, car il releva les yeux et l'aperçut. Il plongea alors son regard dans le sien, un regard brûlant, en alerte. Il poursuivit ensuite sa toilette sans la quitter des yeux. Ce fut elle qui se détourna la première, le visage en feu.

Elle ne leva plus les yeux, se concentrant sur la pomme de terre qu'elle tenait à la main.

Tout à coup, il fut à côté d'elle, l'enveloppant

de l'odeur d'un puissant savon campagnard à base d'avoine et de lait.

— Eh ! Il ne reste plus grand-chose de cette pomme de terre.

Emma s'intéressa au légume qu'elle tenait à la main. Elle avait apporté tant de soin à sa tâche qu'en effet, il n'en restait plus qu'un mince quartier.

— Vous feriez mieux d'aller vous occuper de Tess, dit-elle en lançant la pomme de terre martyrisée dans l'égouttoir.

— D'après les rires qui viennent de la salle à manger, tout va bien. Elle joue avec les filles.

Alors, s'emparant d'un autre couteau, Ryder s'assit en face d'elle et s'attaqua lui aussi au tas de pommes de terre. En une seconde, il en avait épluché une, ses mains jouant avec le couteau comme celles d'un magicien, sous le regard fasciné de la jeune femme.

Il était si facile d'imaginer ces mains sur sa peau, caressant, modelant…

— Attention ! lança-t-il d'une voix sévère, comme s'il pouvait suivre le cours de ses pensées. N'allez pas vous couper.

Elle lui glissa un coup d'œil en biais, vit

son sourire taquin. Le goujat était conscient de l'effet qu'il produisait sur elle !

Sans doute parce qu'il avait déjà eu cette expérience-là avec des milliers de femmes.

— Aïe !

Elle s'était coupée.

— Je vous avais dit de faire attention ! Laissez-moi finir. Je me débrouillerai aussi bien tout seul.

Il chercha à lui prendre le couteau des mains. Elle s'écarta.

— Je vous ai dit que ce n'était rien.

La voix de la jeune femme était anormalement aiguë. Elle s'aperçut que ses mains tremblaient.

Il poussa un soupir excédé.

— Quand apprendrez-vous à lâcher prise, Emma ?

C'était son problème, elle le savait bien. Elle aurait dû poser le couteau sur la table et aller rejoindre les filles à côté. Elle les entendait essayer de jouer aux cartes tout en empêchant Tess de s'en emparer.

Toutefois, le bon sens ne prévalut pas et elle s'entendit répondre :

— Peut-être vous demanderai-je de vous occuper de moi plus tard.

Comme il ne répondait rien, elle glissa un œil furtif dans sa direction et le vit furieusement concentré sur sa tâche.

Quoi qu'il se passât entre eux, ils en étaient conscients tous les deux.

Cette sensation fit du somptueux repas préparé par Mona — poulet en cocotte, pommes de terre sautées aux oignons et fruits en bocaux — une expérience curieusement sensuelle. Frôlements de mains quand il lui passait le sel ou le pain, jambes qui se rencontraient sous la table, coudes serrés l'un contre l'autre.

La présence de Ryder et l'effet qu'il produisait sur elle donnaient à Emma l'impression d'être devenue l'adolescente curieuse et sensuelle qu'elle n'avait jamais été.

— Mona, c'est moi qui fais la vaisselle, décréta-t-elle après le repas. Tu as assez travaillé comme ça.

— Je vais vous aider, décréta Ryder en s'emparant d'un torchon.

Un peu plus tard, tandis qu'elle lavait les verres dans une bassine d'eau miraculeusement chaude, il demanda soudain :

— Dites-moi ce qui a rendu vos Noëls si tristes, Emma.

— Oh ! Je n'aurais pas dû vous parler de ça ! C'est du passé…

Tout ce qu'elle se rappelait de son enfance, c'étaient des moments chaotiques qui se succédaient sans relâche. Trop de déménagements, trop d'hommes dans la vie de sa mère, trop de fêtes d'adultes. Et jamais assez d'argent.

Fatalement, ce désordre avait fini par contaminer ses Noëls de grande personne.

— Une année, alors que je venais juste de m'installer dans un studio, c'est mon petit chat qui est mort. Une autre fois, j'ai passé les fêtes à l'hôpital avec une pneumonie. J'ai fini par ne plus rien prévoir, ne plus rien organiser pour cette période.

Il y avait eu aussi ce Noël chez les parents de Peter, un Noël qu'elle avait attendu avec une telle impatience qu'elle en tremblait. Et dont la brutale réalité l'avait dévastée.

Mais pas question de raconter tout cela à un étranger !

— Vous voyez, conclut-elle. Ce sont des histoires comme il en arrive à tous. Je suis trop sensible, tout le monde me le dit.

Au même instant, une main se posa sur son épaule et elle ressentit une fois de plus une délicieuse vibration.

— Vous n'avez pas à vous excuser d'être sensible, Emma. Ce sont des gens sensibles, comme vous, qui rendent le monde si beau.

C'était la plus jolie chose qu'on lui ait jamais dite.

— Dépêchez-vous ! s'écria Sue, faisant son apparition sur le pas de la porte. Nous sommes assez nombreux pour jouer au jeu des charades. Vous deux, vous ferez équipe avec moi. Maman, grand-père et Peg seront nos adversaires.

Ryder resta silencieux si longtemps qu'Emma crut qu'il allait refuser. Puis il demanda à la fillette, qui le tirait déjà par la main :

— Et avec qui sera Tess ?

— Nous lui avons fait croire qu'elle pouvait jouer avec les deux équipes, chuchota Sue avec un clin d'œil complice.

Ils passèrent une soirée délicieuse, les membres de chaque équipe incarnant les animaux les plus extraordinaires. Emma interpréta même une girafe de manière à la fois si comique et si pathétique que même le vieux Tim en eut des larmes de rire dans les yeux.

Soudain, la jeune femme bondit sur ses pieds.

— Mon Dieu ! Vous avez vu l'heure ? Il faut absolument que je rentre. Si je laisse le feu mourir, la tuyauterie va geler. Mais vous pouvez rester, Ryder.

— Non, je rentre avec vous.

Emma sentit un frisson remonter le long de sa colonne vertébrale. Elle vit Tim approuver. La femme indépendante qui se cachait en elle resta étrangement silencieuse.

— Vous pouvez nous laisser Tess, proposa Mona, comme si tout avait été décidé d'avance. Elle s'est endormie sur le canapé et ce ne serait pas bon pour elle de sortir dans le froid.

Ryder hésita.

— D'accord, concéda-t-il enfin avec réticence, pesant visiblement le pour et le contre.

— Nous avons une autre motoneige dans le garage, intervint Tim. C'est celle de mon fils. Vous pouvez la prendre.

A ces mots, la joie qui régnait dans la pièce s'évanouit et Emma sentit à quel point toute cette famille aspirait au retour du fils de la maison.

— Je serai chez vous à la première heure demain matin, déclara Tim. Nous nous attaquerons à l'étang. Il faut en dégager une bonne portion pour que les gens puissent patiner.

— Et moi, j'apporterai le petit déjeuner, ajouta Mona.

Et c'est ainsi qu'Emma et Ryder se retrouvèrent seuls dans la nuit. La lune, ronde comme une pièce de monnaie, était suspendue juste au-dessus de leurs têtes et l'air glacé était transparent comme du cristal. Levant les yeux, la jeune femme eut l'impression que les étoiles étaient si proches qu'elle aurait pu en cueillir une en tendant la main et la mettre dans sa poche.

Ryder resserra sa parka autour de son cou pour se défendre de l'air nocturne.

— Il y a quelque chose qui suscite l'admiration dans cette famille. La mère disparue, le fils à la guerre, le grand-père seul avec sa belle-fille et ses petits-enfants perdus au milieu de nulle part et sans électricité... Et ils prennent tout ça à bras-le-corps, avec un sourire et une gentillesse incroyables. Je les admire.

— C'est vrai, ils sont formidables. Mais vous aussi, vous avez su gérer des crises…

Il baissa les yeux sur elle.

— C'est là que vous vous trompez.

Il ouvrit la porte de la grange, où s'alignaient différents véhicules, et en sortit la motoneige garée tout au fond.

Puis il l'enfourcha et tapota le siège derrière lui.

Emma monta à son tour, s'efforçant de garder ses distances en s'accrochant à la barre qui les séparait.

— Tenez-vous bien !

Un élan la projeta en arrière et, oubliant ses bonnes résolutions, elle enroula ses bras autour du torse de son compagnon. Ils bondirent dans la nuit.

Il n'y avait plus qu'eux deux, seuls au monde dans l'immensité polaire.

Un sentiment d'exaltation envahit la jeune femme. Jamais elle ne s'était sentie aussi libre. Ni aussi vivante.

Ryder devait partager ce sentiment car, se retournant, il hurla par-dessus le bruit du moteur :

— Cela vous ennuie si nous faisons le grand tour ?

Honnêtement, elle ne se préoccupait même plus de savoir si elle rentrait chez elle. Contre ce dos puissant, pendant qu'il manœuvrait pour emprunter un chemin sinueux s'enfonçant dans un bois de bouleaux, n'était-elle pas déjà arrivée au port ?

Contre toute attente, elle venait enfin de trouver une définition au bonheur : l'air vif et coupant, la splendeur glorieuse de la nuit… et Ryder.

Le paysage qui les environnait n'était plus que contrastes aigus aux ombres mystérieuses. La blancheur argentée de la lune intensifiait les masses sombres des sapins et cette forêt qu'elle avait si souvent arpentée lui paraissait, ce soir-là, un monde inconnu. Un monde qui pouvait signifier tout autant promesses que destruction.

S'arrêtant sur la crête d'une colline, Ryder coupa le moteur. Le panorama noir et blanc qui s'étendait autour d'eux était impressionnant de beauté. On apercevait la masse obscure de l'auberge tapie dans la clairière argentée et, dans la direction d'où ils venaient, la ferme de Tim dont les fenêtres étaient éclairées par le halo doré des lampes à huile. Plus loin, de l'autre côté de la vallée, les premières lumières du gros bourg de Willowbrook clignotaient dans la nuit.

— Tout est si calme, si beau… On pourrait presque imaginer que ce sont les lumières de Bethléem, murmura Emma.

Il eut un petit reniflement de mépris, mais avec moins de virulence qu'il aurait pu le faire la veille.

— Ils ont encore du courant, là-bas. Et regardez, la route de l'ouest est dégagée. On voit des phares de voitures.

Par ici, il faudrait peut-être des jours avant que la circulation ne reprenne, mais on avait au moins le réconfort de constater qu'il y avait encore de la civilisation quelque part.

Ryder se retourna vers sa compagne et, retirant son gant, lui caressa la lèvre du pouce.

Elle s'abandonna une fraction de seconde contre lui, vit passer une lueur fauve dans ses yeux. Puis il retira sa main et reporta son attention sur le paysage.

— Peut-être serait-il préférable pour nous deux que je vous raccompagne chez les Fernshaw.

Je peux très bien m'occuper de votre maison tout seul.

— C'est vous qui devez retourner là-bas. Déposez-moi à la maison et rejoignez Tess.

— Si vous saviez à quel point j'ai envie de vous embrasser, vous ne perdriez pas de temps à discuter.

— Vraiment ? le provoqua-t-elle.

— Vraiment, répéta-t-il d'une voix rauque.

— Eh bien, je pense que vous vous trompez. Il est fort probable que je me laisserais faire.

Il soupira.

— Emma, ne compliquons pas les choses plus qu'elles ne le sont.

Il avait raison. Ryder ne serait qu'une terrible complication dans le monde qu'elle essayait de reconstruire. Il était trop tôt. Il n'y avait pas de place pour un homme dans sa vie.

Pas encore, en tout cas.

Cependant, au lieu d'écouter les paroles raisonnables de Ryder, elle descendit de la motoneige et vint se placer en face de lui pour enserrer de ses mains gantées son visage aux méplats prononcés. Alors, elle approcha sa bouche et en effleura lentement les lèvres de Ryder.

Il eut la force de résister… une toute petite seconde. Puis sa volonté s'évanouit et il accepta la tendre invitation. Il noua ses mains sur la nuque d'Emma pour l'attirer encore à lui.

La jeune femme eut soudain l'impression qu'elle avait vécu jusqu'à cette minute dans un épais brouillard et que le soleil venait enfin de se lever.

C'était comme si chaque étape de sa vie, chaque obstacle, chaque petite joie, chaque peine l'avait conduite vers cet instant.

— Pourquoi ne pas compliquer les choses ? murmura-t-elle contre la douceur de ses lèvres, étonnée par sa propre impudence.

— Parce que je ne peux rien apporter à personne. Vous devez le savoir avant de vous lancer dans une aventure que vous regretteriez.

— Je ne vous crois pas, Ryder, affirma-t-elle avec d'autant plus de certitude qu'au contact de ses lèvres, elle avait senti l'homme véritable qui se cachait en lui. Je vous ai vu avec Tess. Et avec les petites-filles de Tim.

Elle effleura de nouveau sa bouche, mais il tourna la tête.

— Je vous en prie, Emma…

— Dites-moi ce qui vous torture, Ryder.

Il ne répondit pas.

— Y a-t-il quelqu'un d'autre ? demanda-t-elle encore, surprise de l'effet dévastateur qu'une telle possibilité semblait produire sur elle.

— Non.

Le soulagement l'envahit, un soulagement total, exaltant.

— Ce n'est pas quelqu'un, ajouta-t-il dans un souffle. C'est quelque chose.

— Vous pouvez tout me dire, Ryder. Faites-moi confiance.

Il fut si longtemps silencieux qu'elle crut que l'émotion lui avait coupé la parole. Ou qu'il refusait de lui faire le cadeau de sa confiance.

Qu'il allait se contenter de remettre le moteur en route et de repartir.

Il bataillait visiblement contre lui-même.

Ce fut à voix très basse qu'il reprit soudain la parole :

— Emma, je ne pourrai plus aimer personne. Plus jamais.

Elle fut tentée de lui dire qu'elle ne lui demandait pas de l'aimer. Elle voulait seulement un baiser au clair de lune. Mais l'expression ravagée de Ryder arrêta les mots sur ses lèvres. Elle avait besoin d'entendre ce qu'il allait dire.

Et, surtout, il avait besoin de le dire. Il fallait qu'il se débarrasse de ce démon qui le rongeait de l'intérieur.

— Vous méritez plus que ce que je peux vous donner, déclara-t-il d'une voix brutale.

— Comment savez-vous ce que je veux ?

— Ne me dites pas que vous êtes le genre de fille qui peut embrasser un homme sans se demander où cela va les mener tous les deux.

— Je ne suis pas une fille. Je suis une femme adulte et indépendante.

— Et vous allez prétendre que vous ne rêvez pas de fonder une famille, de voir votre maison remplie d'enfants ?

— J'ai mon auberge. Cela me suffit.

— Non, Emma. Cela ne vous suffira pas. Vous voulez un foyer comme celui qui brille, là, en bas, dit-il en indiquant du menton la vieille ferme, dont les vitres étaient allumées dans la nuit. Vous voulez de l'amour et des rires.

— Non, répéta obstinément Emma, s'efforçant de refouler la nostalgie que ces images éveillaient en elle.

— Pourtant, vous le devriez. Parce que c'est ce que vous méritez.

— Il y a longtemps que je me suis débarrassée de ces rêveries romanesques.

— Quand, exactement ?

Elle hésita.

— Mes fiançailles ont été rompues l'an passé.

— Si vous me dites que cela s'est passé à Noël, je finirai par croire au mauvais sort… Dans un sens, cela ne m'étonne pas. Seul un chagrin d'amour peut faire qu'une jolie femme aille s'isoler dans un coin aussi perdu.

Emma sourit pour elle-même. Elle avait su dès le début que Ryder voyait tout. Et maintenant, il voyait certainement qu'elle était en train de tomber amoureuse de lui, alors qu'elle n'osait pas encore se l'avouer à elle-même.

C'était parfaitement humiliant.

— Cela s'est passé à Noël, en effet, déclara-t-elle avec solennité. Et c'est ainsi, c'est vrai, que j'ai décidé de me consacrer à cette auberge.

— Comme une nonne consacre sa vie à Dieu.

— Exactement.

— Excepté la scène du baiser.

Elle resta silencieuse.

Il eut un rire sans joie.

— Non, vous n'avez pas abandonné vos rêves. Vous avez seulement essayé. Vos rêves brillent dans vos yeux quand vous n'y prenez pas garde. Comme ce soir, par exemple, quand vous participiez aux réjouissances de la famille de Tim. Et ils reviendront en force quand vous rencontrerez l'homme qu'il vous faut. Votre fiancé était-il un pauvre type ?

— Il était médecin.

— Je ne vous ai pas demandé ce qu'il faisait dans la vie, mais ce qu'il était. On peut être un médecin et être un pauvre type. Ou alors, peintre en bâtiment et quelqu'un de formidable.

— D'accord, s'inclina Emma. C'était un médecin et un pauvre type.

Elle fut sidérée d'avoir osé prononcer ces mots, et encore plus par la lucidité avec laquelle elle analysait maintenant sa relation avec Peter.

— Il ne vous a jamais vue telle que vous êtes, n'est-ce pas ? Il n'a rien vu du tout, ni votre détermination, ni votre amour de la vie, ni votre générosité, ni vos blessures… Sans compter vos talents pour imiter la girafe.

Emma retint un rire devant cette allusion au petit sketch qui lui avait apporté du succès. Elle fut reconnaissante à Ryder de détendre ainsi l'atmosphère.

— Il aurait détesté chaque minute de notre soirée chez les Fernshaw. Je ne m'en suis pas aperçue tout de suite, mais il ne m'a jamais vraiment vue. Il ne voyait que ce qu'il voulait que je sois. Il me reprochait de ne pas savoir me servir correctement de ma fourchette ou me disait que je ne savais pas m'habiller en fonction des circonstances. Mais il estimait que j'avais un certain potentiel d'amélioration.

— Oh ! Emma…

— Mais lui, au moins, il ne refusait pas de m'embrasser.

— Je vais vous dire pourquoi je ne vous embrasse pas. Ce n'est pas parce que je ne veux pas. Dieu sait à quel point j'en meurs d'envie. Mais je porte en moi une blessure qui ne pourra jamais se refermer. Même avec la douceur de vos baisers.

Il se raidit.

— Il y a un an, reprit-il très vite, le jour de Noël, mon frère a perdu la vie dans un incendie. Sa femme, Tracy, a été gravement brûlée et elle est morte il y a trois mois, des suites de ses blessures.

D'un seul coup, ce fut pour Emma comme si toute la beauté du paysage s'était évanouie, ne laissant plus que le froid.

— Le papa et la maman de Tess ? chuchota-t-elle. Mon Dieu…

Il tendit la main pour la faire taire. Il ne voulait pas de sa pitié.

— J'étais là. Mon frère Drew m'a demandé d'aller chercher Tess. Lui, il est retourné dans les flammes, croyant que Tracy y était encore. Je ne l'ai plus jamais revu. J'ai essayé d'y retourner, mais des voisins m'en ont empêché. Ils auraient dû me laisser y aller. Cela n'aurait pas pu être pire que l'enfer dans lequel je vis depuis.

Emma pressa les mains sur les larges épaules désormais secouées par des sanglots. Il fallait le laisser parler. Il devait se libérer de ces mots qu'il gardait enfermés en lui depuis des mois.

Et surtout, il fallait lui donner l'occasion de se pardonner à lui-même.

— Je les ai trahis, murmura-t-il d'une voix étranglée. J'ai trahi les êtres que j'aimais le plus au monde. J'aimais mon frère. C'était un autre moi-même. Nous faisions tout ensemble. Et j'aimais aussi profondément Tracy, la femme qu'il avait choisie pour partager sa vie.

Secoué d'un violent tremblement, il répéta :

— Je les ai trahis. Et je me suis trahi moi-même. Jadis, je croyais en moi. Je me croyais capable d'abattre des montagnes. Et je les abattais. Mais depuis qu'ils sont partis, je ne suis plus le même. Cet incendie m'a tout pris. Je ne peux plus aimer personne. Et cette seule idée m'arrache le cœur.

Elle ne pouvait lui dire qu'elle sentait son cœur battre dans sa poitrine, sonore et vigoureux. Elle se contenta d'attendre, les deux mains toujours posées sur ses épaules, que les tremblements s'apaisent. Puis elle parla, d'une voix très douce :

— Le feu vous a tout pris, Ryder. Sauf Tess.

— Oui. Sauf Tess.

— Je suis désolée, Ryder. Mais Tess a besoin de vous. Elle est là, bien vivante !

Les mots semblaient dérisoires, si petits en face de l'immensité de sa douleur, mais elle se sentait émue et honorée qu'il lui ait confié sa peine.

— Maintenant que vous savez, dit-il, se reprenant pour se réfugier de nouveau derrière le masque de son sourire distant, je vais vous raccompagner chez les Fernshaw. Et je m'occuperai de l'auberge.

Ce serait peut-être la meilleure chose pour tous les deux. Il avait dit qu'il n'avait rien à lui donner et Emma savait qu'elle aurait dû le croire.

Seulement, c'était Noël.

Et s'il y avait un message digne d'être écouté en cette période, c'était bien celui-là : la joie n'était pas de recevoir, mais de donner.

Si c'était vrai pour Noël, ça l'était certainement en amour.

Aussi déclara-t-elle d'une voix douce :

— Merci, Ryder, mais je ne retournerai pas chez les Fernshaw. Pas ce soir, en tout cas.

7.

Ryder sourcilla. Il aurait juré qu'elle avait compris. Il leur était impossible de céder à leur attirance mutuelle. Il avait clairement signifié qu'il n'avait rien à lui offrir.

Plus rien.

— Pourquoi ?

Elle leva vers lui un regard plein de douceur.

— Parce que je ne veux pas vous laisser seul avec ça.

Seul.

Le mot resta un instant suspendu entre eux. Et Ryder réalisa que cela faisait maintenant près d'un an qu'il était seul.

— Comprenez-moi, reprit Emma posément. Je n'ai pas l'intention de parler. Rien de ce que je pourrais dire n'effacera ce que vous avez vécu. Simplement, je ne veux pas vous laisser seul avec ça.

D'autres avaient essayé d'entrer dans la bulle où il s'était enfermé depuis un an. Il ne les avait pas laissés faire. Mais aucun être n'avait, comme elle, déclaré qu'il ne pouvait rien y faire. Qu'il voulait simplement être là.

Il aurait voulu refuser. La reconduire chez les Fernshaw malgré ses protestations. Mais elle arborait cette expression têtue qu'il commençait à connaître. Et elle serait probablement capable de revenir à l'auberge de l'Etang blanc à pied dans la neige, sous l'éclat de la lune.

Afin de ne pas le laisser seul.

Et soudain, Ryder sentit que l'idée de ne pas être seul, même pour une nuit, apaisait quelque chose en lui. Il n'avait rien à lui donner. Mais il pouvait s'offrir quelque chose, à lui. Et il ne se sentait pas assez fort pour refuser ce cadeau.

Il remit le contact, Emma reprit sa place et il sentit les bras féminins enserrer son torse, une joue se presser contre son épaule.

Une douce chaleur l'envahit alors.

Il savait que cette femme était sincère. Et il savait que, pendant un certain temps, il n'irait nulle part, qu'il était toujours à la merci des routes. Pourtant, malgré lui, il éprouvait un intense sentiment de paix, de profonde détente.

Il dormit cette nuit-là comme un homme qui a affronté les pires batailles et qui a enfin trouvé un endroit sûr où poser sa tête. Et ses armes. Un homme qui ignorait ce que serait le prochain combat, mais qui appréciait le répit qui lui était accordé.

Ryder se réveilla le lendemain matin à l'arrivée des Fernshaw. Il se sentait reposé comme il ne l'avait pas été depuis longtemps.

Tess lui déposa un bruyant baiser sur la joue.

— Dadeur ! s'exclama-t-elle.

Puis elle se mit à chantonner « Dadeur, Dadeur, Dadeur ! », célébrant ainsi le miracle de l'avoir retrouvé.

Ryder se souvint des paroles d'Emma et sourit. Oui, c'était bien vrai. Il avait Tess. Et ils s'aimaient.

— Tess, Tess, Tess, chantonna-t-il en retour,

et il la fit tourner autour de lui à bout de bras, tandis qu'elle s'étranglait de rire.

Il rencontra tout à coup le regard d'Emma et il se sentit en harmonie avec le reste du monde.

Et avec elle.

En attendant que la route soit dégagée, ils ne manquèrent pas d'ouvrage. Ryder eut l'occasion de constater une fois de plus que le labeur physique était pour sa douleur un antidote presque aussi efficace que la douce présence d'Emma. C'était un travail à vous briser le dos, à vous arracher les mains. Exactement ce dont il avait besoin.

Chaque soir, il se laissait tomber dans son lit et dormait d'une traite jusqu'au lendemain.

Et puis, il y avait ce sentiment de bien-être, cette atmosphère chaleureuse et aimante qu'il n'avait plus éprouvés depuis la mort de son frère et de sa belle-sœur.

Tim, Mona et les petites filles formaient une famille à l'ancienne mode, leur amour était sincère et leur cercle s'ouvrait aisément pour y inclure Tess et Ryder, comme il s'était ouvert pour faire une place à Emma.

C'était le genre d'affection solide de gens

qui travaillaient ensemble pour atteindre le même objectif, puis mangeaient ensemble et s'amusaient des mêmes jeux.

Qu'avait-il dit à Emma à propos d'une souffrance que rien ni personne ne pourrait apaiser ?

Et pourtant, au moment même où il avait prononcé ces paroles, la guérison avait commencé.

C'était comme s'il avait donné à Emma la permission de l'aimer d'une manière différente, d'un amour qui n'acceptait ni baisers ni caresses, un amour plein de compassion. Et cet amour était plus fort que les baisers.

Le troisième jour de son séjour forcé fut probablement le moment le plus parfait qu'il lui ait été donné de vivre depuis son arrivée dans les montagnes. En fin d'après-midi, Mona, les trois petites filles, Emma et lui nettoyèrent l'étang, le débarrassant de centaines de branches cassées, Tim les poussant vers eux avec la pelle de son tracteur. Tess leur criait des ordres depuis le petit traîneau qu'ils tiraient tous à tour de rôle.

Deux hommes de l'équipe de secours étaient venus leur annoncer à l'heure du déjeuner que le courant allait être très bientôt rétabli et que les routes rouvriraient dans les vingt-quatre heures.

Ryder avait vu une fugitive expression d'alarme traverser le visage d'Emma. Il comprenait parfaitement ce qu'elle éprouvait.

Ils avaient construit une petite société autour du travail quotidien, un monde séparé de la civilisation. Ils avaient recréé une sorte de famille, remplie des joies et des peines de tous les jours, dans une atmosphère qu'Emma n'avait probablement jamais connue.

Mais quand on pourrait de nouveau circuler et que l'électricité serait revenue, chacun reprendrait son chemin, rompant ainsi l'équilibre de cette communauté née de la nécessité.

Cette impression d'harmonie miraculeusement éclose se briserait comme un charme né d'on ne sait quelle magie.

D'autant plus que Ryder n'avait aucune certitude de pouvoir emporter avec lui ce sentiment de paix qu'il avait senti naître dans cette retraite inattendue.

— Ça ira comme ça, décréta Mona quand ils eurent dressé un gigantesque tas de branches brisées et que Tim y eut mis le feu.

Le soleil était bas sur l'horizon, qui avait pris une douce teinte violine.

Des hot dogs provenant de la congère près de la cuisine et dûment décongelés firent leur apparition et Emma servit à tous une tasse de thé remplie à ras bord. Tess, toujours confortablement installée dans son traîneau réchauffé par une peau de renard, tétait avec satisfaction un biberon de lait chaud.

Quand Ryder eut englouti une quantité de hot dogs susceptible de compromettre la sveltesse de sa silhouette, il remarqua que Mona faisait un tri dans un monticule de patins à glace empilés dans l'abri installé au bord de l'étang.

— Allez, les filles, on va patiner ! lança-t-elle.

Et bientôt, tous les Fernshaw, Tim inclus, se mirent à décrire des cercles gracieux sur l'étang, en montagnards qui patinaient depuis le plus jeune âge. Ryder entendait leurs cris de joie tandis qu'ils prenaient de la vitesse, le petit traîneau de Tess joyeusement tracté par les deux petites filles.

Il nota également du coin de l'œil qu'Emma, qui mettait de l'ordre dans les vestiges de leur collation, jetait des regards non dénués d'envie en direction de l'étang.

— Comment se fait-il que vous ayez autant de patins ? s'étonna-t-il. Avez-vous l'intention de les louer pendant les festivités ?

— Non, les gens d'ici en ont tous dans le coffre de leur voiture. Mais s'il vient des gens de la ville, ils n'auront pas de patins. J'ai demandé aux habitants du coin de m'en prêter, de toutes les tailles, afin de pouvoir les dépanner.

— Et y aurait-il chaussure à votre pied ? s'enquit-il en la voyant jeter un nouveau regard en direction du petit groupe qui tourbillonnait sur l'étang.

— Oh ! Je ne sais pas patiner. Je n'ai même jamais essayé de ma vie.

— Comment est-ce possible ? Vous êtes probablement la seule Canadienne de toute l'histoire qui n'a jamais posé une lame sur la glace !

— Ma mère n'en avait pas les moyens.

Ryder vit aussitôt l'opportunité de faire un cadeau à Emma, aussi humble soit-il.

Fouillant le tas de patins, il en extirpa une

paire, nouée par les lacets, et qui semblait à la bonne taille

S'asseyant sur un banc, Emma entreprit de les enfiler. Il s'installa à côté d'elle et chaussa ceux qu'il avait trouvés pour lui.

— Non, intervint-il en la regardant faire. Vous devez serrer les lacets plus que ça.

Et il s'agenouilla devant elle pour l'aider.

Les yeux de la jeune femme brillaient d'une joie enfantine quand, se redressant, il la prit par la main et l'entraîna. Elle franchit en titubant les quelques mètres qui la séparaient de l'étang.

— Bon, d'accord, vous n'êtes pas une athlète, constata-t-il un quart d'heure plus tard en l'aidant à se remettre sur ses pieds pour la centième fois. Mais je suis sûr que vous avez d'autres qualités.

— Lesquelles ? interrogea Emma, toute rouge de ses efforts.

— Eh bien… Il y a toujours cette girafe…

Le rire qui éclaira tout le visage de la jeune femme fut sa récompense.

— Et je suis sûr qu'en cherchant bien, il y a d'autres animaux que…

— Arrêtez ! hoqueta Emma. Je ne peux pas rire et apprendre à patiner en même temps.

— Et de toute façon, même à quatre pattes sur la glace vous resteriez jolie, amusante, déterminée, courageuse, généreuse, raisonnable, attentionnée…

— Arrêtez, Ryder… J'ai vraiment du mal à me concentrer.

Il savait cependant qu'elle était heureuse. Et il était grand temps qu'Emma White s'amuse un peu. Même si elle n'avait aucune prédisposition apparente pour le patin à glace, songea-t-il en la regardant s'éloigner, les chevilles tordues vers l'intérieur, les bras tournant comme des moulins à vent.

— Regardez les filles, lui intima-t-il avec sévérité. Voyez comme elles se propulsent d'abord sur une jambe, puis sur l'autre.

Elle tenta de les imiter… et tomba.

Le soleil avait disparu, il ne restait plus que les lueurs émanant de l'immense feu reflétées sur la glace de l'étang.

— Nous allons rentrer, dit Mona. Si vous êtes d'accord, Ryder, nous emmenons Tess avec nous encore cette nuit. Brrr… Il commence à faire trop froid ici pour elle.

Et les cris et les rires se fondirent dans la nuit tandis que le petit groupe animé s'éloignait sous la lune.

Bientôt, Emma et Ryder se retrouvèrent seuls.

Il n'avait pas particulièrement froid. A dire vrai, il y avait des mois qu'il n'avait pas éprouvé une telle sensation de chaleur.

— Voulez-vous faire une pause ? demanda-t-il à sa compagne.

— Non.

Encore cette féroce détermination qui le rassurait au moins sur un fait : quoi qu'il arrive, elle s'en sortirait.

Quand il serait parti.

Car la route serait dégagée le lendemain.

Cette certitude abattit en lui encore une défense. Il passa un bras autour de la taille d'Emma et la serra très fort contre lui.

Il était temps pour elle d'éprouver vraiment les plaisirs du patinage. Il poussa puissamment sur une jambe, puis sur l'autre, la soutenant, la rétablissant sur ses deux pieds, ne l'autorisant pas à tomber. Il y avait quelque chose de si juste dans cette manière d'avancer ensemble, de lui communiquer de sa force, de la presser ainsi contre son corps…

— Ryder ! Ça y est, j'y arrive !

Pas tout à fait encore. C'était lui qui la faisait avancer. Puis il sentit une poussée plus ferme de sa jambe, puis une deuxième.

— Ne me lâchez pas, souffla-t-elle, tandis que la rive opposée de l'étang arrivait sur eux à toute vitesse… Comment fait-on pour tourner ? Ryder, tournez ! Vite !

Et il tourna, l'emportant avec lui, volant sur la glace, sentant l'assurance de la jeune femme croître de seconde en seconde.

— Ne dirait-on pas Jamie Salé et David Pelletier ? cria-t-elle, nommant le couple le plus romantique parmi les patineurs canadiens de haut niveau en danse sur glace.

Il rit devant son enthousiasme.

— Cette année, l'Etang Blanc ! Et l'année prochaine, les Jeux olympiques de Whistler ! plaisanta-t-il. D'ici là, vous aurez appris à lacer vos patins toute seule.

Pour le punir, elle lui pinça le bras.

— Je n'arrive pas à croire que je suis encore debout. Lâchez-moi, Ryder ! Lâchez-moi !

Ce qu'il fit. Et il la regarda évoluer, lentement

d'abord, puis avec une confiance croissante. Il lui cria quelques conseils et la laissa se débrouiller. Elle avait autant de grâce qu'un ourson faisant ses premiers pas, trébuchant, tombant, virevoltant comme un homme soûl, mais elle avançait.

Et elle était adorable.

Une joie soudaine envahit Ryder. Une joie qui surgit sans prévenir, lui donnant l'impression de se sentir de nouveau jeune, et libre. Comme lorsqu'il était enfant et s'entraînait près de chez ses parents, dans le rond de glace derrière la maison.

Il lança un cri de Sioux, poussa de tout son poids sur la glace et bondit en avant. D'un seul élan, il se retrouva à l'autre bout de l'étang, frôla la rive en soulevant une crête de neige immaculée, pivota sur lui-même et repartit à reculons, à toute vitesse. Puis, croisant une jambe sur l'autre, il s'élança dans l'autre sens en un arc de cercle impeccable.

Il filait comme le vent, respirant avec délice l'air glacé de la nuit, jouissant de la vigueur de ses muscles et de sa liberté.

Et, plus que tout, de savoir que le regard d'Emma suivait ses moindres mouvements.

Il était conscient de se donner en spectacle et ne se souciait pas de ce que cela signifiait. Il fila comme une flèche jusqu'à la jeune femme, s'arrêta devant elle dans une gerbe de givre et lui arracha son bonnet, pour tester ses nouveaux talents.

Toujours joueuse, Emma partit à sa poursuite, les boucles de ses cheveux lançant des éclairs d'or pâle dans la nuit. Il s'amusa d'elle comme on joue avec un petit animal, patinant à ses côtés, traçant des cercles de plus en plus rétrécis, s'éloignant, se rapprochant, le bonnet à bout de bras, puis fuyant comme l'éclair quand elle croyait l'attraper.

Soudain, elle s'élança trop fort et elle tomba.

Violemment. Alors, elle resta sur le sol, silencieuse et immobile.

— Emma ?

Aucune réponse.

Il se précipita sur elle, s'agenouilla. Et si elle s'était gravement blessée ? S'il l'avait poussée trop fort ? Avec les routes bloquées, il ne pourrait l'emmener nulle part.

Ils ne portaient pas de casque et la glace

était dure. Elle pouvait s'être fendu le crâne. Peut-être était-elle mourante ?

Il était bien placé pour savoir qu'une existence pouvait basculer en un instant.

Maudissant sa propre imprudence, il se pencha plus près, sentit le souffle tiède de la jeune femme sur sa joue.

Et il sut, à la panique qui faisait battre son cœur dans sa poitrine comme un marteau, à quel point il tenait à elle. Et qu'il ne survivrait pas à une autre perte. C'était bien pour cela qu'il avait construit autour de lui une telle forteresse.

Alors, tandis qu'il la contemplait, éperdu, les yeux de la jeune femme s'ouvrirent tout grands et, avec un rire diabolique, elle lui arracha le bonnet des mains. Puis, parvenant Dieu sait comment à s'emparer de celui de Ryder, elle se releva et s'éloigna, profitant de sa stupéfaction.

Il aurait voulu éprouver de la colère pour la peur qu'elle lui avait faite. Mais comment se fâcher contre un feu follet aux yeux pleins d'étoiles et aux joues rougies par le froid ?

— Je ris si fort que je tiens à peine sur mes patins, lui cria-t-elle.

— Je ne voudrais pas vous vexer, mais vous ne teniez déjà pas beaucoup dessus avant.

Il la rattrapa sans peine et, lui saisissant le poignet, la fit pivoter sur elle-même pour qu'elle lui fît face.

Sans un mot, car certaines choses ne pouvaient être dites, il laissa le rire s'évaporer entre eux et l'atmosphère devenir tendre, jusqu'à ce que l'instant s'auréole de la même lumière dorée qui se reflétait dans la glace.

Plus que quelques heures. Quelques heures seulement.

— Mais si vous tenez vraiment à arriver ne serait-ce qu'à la cheville de Jamie, il vous faudra savoir faire ceci.

La prenant par la main, il posa sa main libre au creux des reins de la jeune femme et l'attira contre lui. Et il se mit à danser avec elle. Lui, un joueur de hockey qui n'avait jamais dansé sur la glace de sa vie, se mit à danser comme s'il était né pour cet instant.

Au son du feu qui craquait et pétillait dans la nuit, rythmé par le bruit des lames qui griffaient la glace, ils dansèrent ensemble. Les pas hésitants de la jeune femme, dès qu'il l'avait prise par la taille, dès qu'elle s'était abandonnée à lui, s'étaient transformés en un glissement léger comme une aile de papillon.

Ils parcoururent l'étang dans ses moindres recoins, les yeux dans les yeux, un sourire sur les lèvres.

Puis le feu mourut, le froid glacial de la nuit dissipa lentement le moment de chaleur et de bien-être qu'ils venaient de partager. Et ce fut terminé.

Ryder attira sa compagne contre lui et l'embrassa sur le front.

— Merci, Emma.

Elle leva les yeux, et il y lut qu'elle n'avait pas entendu ce « merci ». Elle avait entendu ce qu'il venait de dire en réalité : adieu.

Alors, elle renversa la tête et leurs lèvres se joignirent. Il ne savait pas quel baiser il voulait lui donner. Un gentil baiser d'adieu, sans doute. Mais quand il sentit sa faim, la passion qui brûlait derrière la surface paisible, il s'abandonna. Ses mains enserrant la petite tête bouclée, il prit possession de sa bouche comme on s'abreuve à une source. Il serra la jeune femme contre lui pour la faire plus intimement sienne.

La langue d'Emma dansait avec la sienne et

il pensa fondre dans la chaleur de cette ferveur gourmande. C'était comme si les dernières glaces qui se dressaient en lui fondaient, comme s'il recevait la promesse qu'il ne serait plus jamais seul.

Pour la repousser, il lui fallut rassembler toute la volonté qui lui restait.

— Nous devons rentrer. Il faut que je rassemble mes affaires et celles de Tess... pour que nous soyons prêts à partir demain, dès que la route sera dégagée.

— Restez, Ryder... Restez jusqu'à Noël !

— Votre petite famille de substitution ? dit-il avec âpreté, cherchant à retrouver le moi cynique et froid qu'il avait amené avec lui à l'Etang Blanc.

Elle ne répondit pas.

— Je n'ai pas besoin de votre pitié, ajouta-t-il.

— Au cas où vous ne l'auriez pas encore compris, rétorqua-t-elle avec la même dureté, je n'ai pas pitié de vous. Mais si vous ne voulez pas rester pour vous, faites-le au moins pour Tess.

— Non, trancha-t-il. Il faut que je parte.

S'il s'éternisait, elle finirait par le convaincre.

Car malgré tous ses efforts, il était en train de tomber amoureux d'Emma White comme elle, de son côté, tombait amoureuse de lui.

Il savait que ce n'était pas possible. On ne tombe pas amoureux en un laps de temps aussi bref.

Mais il savait également que l'amour n'avait rien de logique et qu'il défiait depuis toujours les règles qu'on voulait lui imposer.

Comment cela pouvait-il lui arriver à lui, un homme qui connaissait la valeur exacte de l'amour et qui savait le prix à payer si les dés tombaient du mauvais côté ?

Mieux valait ne pas tenter sa chance plutôt que jouer aussi gros.

Il fallait aussi penser à Tess. Comment pourrait-il prendre soin d'elle et l'aider à grandir s'il se laissait détruire de nouveau ?

Il devait partir. Maintenant. Pendant qu'il en avait encore la force. Avant que la magie ne s'empare de lui tout à fait et qu'il se laisse emporter.

Qu'il finisse par y croire.

Comme le disait le petit message accroché à la porte d'entrée de Tess.

« Confiance. »

***

Le lendemain matin, la route fut rouverte avant même le lever du jour.

Emma écouta le chasse-neige bourdonner au loin, puis se rapprocher inexorablement. Ryder avait fait ses bagages la veille en rentrant, comme il l'avait dit.

A présent, Ryder essayait d'habiller chaudement Tess pour le départ, mais l'enfant hurlait et se débattait de toute la force de son petit corps dans les bras de son oncle.

« Ça lui apprendra », se dit Emma, décidée à ne pas s'en mêler. Elle ne put cependant résister. Elle ressentait le besoin d'apaiser le désespoir de Tess, ainsi que la tristesse de Sue et de Peggy. Les Fernshaw étaient arrivés avec le bébé, des paniers de provisions et un cœur plein de chaleur, au moment même où Ryder chargeait le coffre de la voiture. Tous se tenaient à présent sur le pas de la porte, à l'exception de Tim, qui avait jeté un coup d'œil dégoûté aux bagages, bien rangés dans le coffre, avait couvert Ryder d'un regard réprobateur et était remonté dans son véhicule.

— Allons, mon chou, murmura Emma en essayant de mettre le bonnet à la petite fille, qui vagissait toujours. Ça va aller. Tout se passera bien.

Au fond d'elle-même, cependant, elle savait que ce ne pouvait être vrai. Qu'arracher Tess à cette famille qu'elle avait trouvée à l'auberge de l'Etang Blanc était un crève-cœur.

Sue et Peggy retenaient leurs larmes, accrochées à leur mère.

— Je ne veux pas que Tess s'en aille, gémit Peggy.

Il était toutefois évident que le départ était imminent. Le visage de Ryder était désormais froid et impénétrable. Sans un mot, il arracha le bonnet des mains d'Emma et le fourra dans sa poche.

— Elle n'en aura pas besoin dans la voiture, affirma-t-il avec la voix brève de l'homme au regard sombre et inquiétant qu'elle avait trouvé sur le seuil de sa porte quelques jours plus tôt.

Puis il se dirigea vers la voiture, dont le moteur tournait déjà.

Un triste cortège l'accompagna à l'extérieur. Tim, qui avait rebroussé chemin pour lui dire au revoir malgré tout, lui tendit la main.

— Bonne chance, mon garçon, dit-il de

sa voix calme en fouillant le regard de son interlocuteur.

Il sembla y avoir trouvé ce qu'il cherchait, car il hocha la tête. S'arrachant aux bras de sa mère, Peggy alla mettre sa poupée Bebo dans les mains de Tess.

Le cœur d'Emma se serra devant tant de générosité chez un être aussi jeune.

Les hurlements cessèrent l'espace d'une seconde bénie, puis reprirent avec plus d'intensité encore. Tess jeta Bebo et s'arqua dans les bras de son oncle avec un tel déchaînement de fureur qu'un homme moins fort aurait lâché prise.

Emma ne disait rien. Elle aussi aurait pu, comme Tim, secouer la tête. Encore un Noël gâché ! Peu importait ce qui allait se passer maintenant. Même si ses festivités de l'Avent accueillaient mille visiteurs, même si son Noël de rêve était un succès et même si sa mère descendait du bus de Chicago avec un tendre sourire de madone, rien n'effacerait la scène affreusement pénible dont elle était témoin.

Ryder s'en allait. Et il partait, le cœur indifférent aux cris de Tess, aux larmes pathétiques de Peggy et Sue, à son chagrin à elle. Il partait sans un regard pour ceux qui les avaient accueillis tous les deux avec tant de chaleur.

Il ne prit même pas le temps d'embrasser la jeune femme. Il lui avait fait ses adieux la veille sur l'étang et devait estimer cela suffisant. Se contentant de porter deux doigts à sa tempe, il rencontra brièvement son regard, esquissa un bref mouvement de tête et se détourna.

— J'espère que votre mère viendra ce Noël, déclara-t-il, le regard fixé sur Tim, qui manifestait un intérêt soudain pour ses bottes enfoncées dans la neige.

D'abord surprise, la jeune femme acquiesça, courageuse.

— Elle sera là. Maintenant que les routes sont dégagées, je vais pouvoir lui envoyer un billet pour le car dès cet après-midi.

Il hocha la tête, puis installa une Tess toujours en larmes dans le siège-auto de la voiture et monta à son tour.

Jusqu'à ce que la grosse voiture noire ait disparu au bout de l'allée que Ryder avait contribué à dégager, Emma retint son souffle, espérant qu'il changerait d'avis.

Pis, elle tourna les talons et, après un bref

au revoir aux Fernshaw, se dirigea vers la maison, le dos très droit. C'est seulement quand elle vit la couronne de houx avec le mot « confiance » en belles lettres dorées, qu'elle referma la porte et se mit à sangloter comme un enfant.

8.

— Veux-tu que je te fasse un bonhomme de neige ? suggéra Ryder.

Tess ne leva même pas les yeux de Bebo, sa nouvelle amie. Le ravissant poney en peluche bleu lavande, que Ryder lui avait offert le jour même de leur arrivée au cottage (pourquoi attendre Noël ?), gisait près du divan, abandonné comme les chaussures de suédine rose.

Il avait donné ces dernières à l'enfant en désespoir de cause, peu après avoir échoué avec le poney. Tess les avait fait sauter de ses petits pieds dans un accès de colère et ne leur avait plus jamais accordé un regard.

Il soupira. Tess était assise sur le parquet de pin, les cheveux de nouveau ébouriffés en un épais buisson.

Ceux qui s'imaginent qu'une petite fille de

quatorze mois peut oublier et pardonner n'ont jamais vraiment compris les enfants.

Ils étaient au chalet depuis assez longtemps pour que le petit visage ait abandonné son regard accusateur. Ryder, qui avait perdu la notion du temps, comptait les jours sur ses doigts.

Le lendemain, ce serait la veille de Noël.

— Allez, viens avec moi dehors : nous allons faire un bonhomme de neige ensemble, insista-t-il d'un ton engageant.

Construire des bonshommes de neige avait été l'une des activités favorites de Tess avant que l'auberge du Noël Blanc n'entre dans sa vie.

— Tess veut pas !

La fillette ponctua son refus en tapant un accord bruyant sur son petit piano.

Il le lui avait également donné pour lui faire oublier sa rancune, sans plus de succès qu'avec le poney et les chaussures. La fillette ne s'en servait que pour scander ses sempiternels désaccords. Le son aigrelet du jouet était épouvantable et rappelait à Ryder la sonnette de la porte d'entrée d'Emma.

Il songea soudain qu'il aurait dû la réparer avant de partir.

Résolu à ne plus supplier l'enfant, il décida de prendre les choses en main.

Il allait lui mettre de force sa combinaison de sports d'hiver et l'emmener dehors. Une activité en plein air aurait le pouvoir de lui faire un peu oublier les Fernshaw, « Eggie » et « Boo », Emma et l'auberge du Noël Blanc.

Il restait bien encore une heure de lumière dans cette journée qui s'étirait en longueur, interminable comme toutes les précédentes, bien que le cottage disposât d'une télévision avec écran plasma géant et de quatre cents chaînes satellite. En réalité, Ryder n'avait pas trouvé un seul programme capable de capter son attention. Quant à Tess, ses dessins animés favoris ne l'intéressaient plus.

Comment avait-il pu imaginer que se réfugier au chalet serait une bonne idée ?

Les quelques jours qui venaient de s'écouler lui avaient donné l'occasion de s'apercevoir qu'il haïssait cet endroit. Il avait acheté le chalet l'été précédent, désireux d'avoir un lieu où son frère et sa belle-sœur n'étaient jamais allés, un endroit dénué de souvenirs. Et, en effet, à la belle saison, les bords du lac étaient plaisants, avec leurs multiples distractions : les sports nautiques, les concerts et la plage.

En hiver, en revanche, le coin était sinistre.

La décoration du chalet, acheté déjà meublé, était moderne et très masculine. Les murs étaient d'un blanc impersonnel, les meubles se réduisaient à un ensemble de canapés et de fauteuils en cuir brun précieux, une table de verre et acier et des chaises assorties. Sur les murs, quelques tableaux modernistes, peints à grands coups de brosse en rouge et en jaune, mettaient çà et là une note de couleur.

A l'époque, l'ensemble, fonctionnel et anonyme, lui avait plu. A présent, il n'y voyait plus qu'un décor de magazine où il ne faisait pas bon vivre.

Et puis, il y faisait toujours froid. Peut-être à cause de l'humidité provenant du lac.

A moins que ce froid-là ne fût en lui.

A moins que ce ne fût le froid qui caractérise les parfaits égoïstes.

Il n'y avait qu'à regarder Tess s'occuper à ses jeux solitaires, Tess dont il n'entendait plus le rire cristallin qu'elle lançait sans cesse à l'auberge de l'Etang Blanc. Et de se remémorer les deux petites filles qui pleuraient en la voyant partir.

Dire que, surmontant sa tristesse, la petite Peggy avait eu la force d'offrir à Tess ce à quoi elle tenait le plus pour tenter de la consoler !

Le souvenir de cette dernière scène le remplissait de honte.

En promenant son regard sur le très chic salon du chalet, il se prenait à regretter le charme vieillot de l'auberge qui l'avait accueilli, les poignées de porte qui vous restaient entre les mains et le sol de la cuisine en pente. Il regrettait cet endroit où, qu'on soit dehors ou à l'intérieur, il y avait toujours quelque chose à faire.

Pas comme ici…

Contre toute attente, il eut un pincement au cœur en songeant au bric-à-brac de Noël, à ces paquets aux emballages disparates posés sous l'arbre, à ces anges au sourire figé dans les branches, aux poinsettias blancs et aux trop nombreux coussins rouges. Il se souvenait de la bonne odeur de résine qui se dégageait du sapin, du craquement des bûches dans la cheminée, du réconfort que procurait un vrai feu.

Ici, il n'avait droit qu'à une fausse cheminée aux flammes bleues diffusées par un appareil à gaz.

Il lui manquait aussi la stimulation de ces matins glacés où l'on se levait avec un sentiment d'urgence et d'excitation.

Il resongeait alors à la sagesse silencieuse de Tim et, dans la cuisine de Mona, au bavardage des filles et à la manière spontanée dont elles venaient lui raconter une anecdote ou lui montrer leurs dessins.

Et puis, à quoi bon le nier, c'était Emma qui lui manquait par-dessus tout. Ses cheveux blonds en désordre, ses yeux pailletés d'or, son rire franc et sa mâchoire déterminée. Sa voix juvénile et mélodieuse, son talent à créer de la joie autour d'elle, l'inépuisable générosité de son cœur.

En outre, il ne pouvait chasser de sa mémoire le goût de ses lèvres. Et cette obstination qu'elle mettait à rechercher le bonheur.

Dire qu'à tout ça, il avait préféré ce lieu sans âme et sans chaleur ! En resongeant à ce que lui avait dit Tracy la veille de ses noces, il ne se trouvait plus du tout quelqu'un de bien.

Quelqu'un de bien n'aurait pas quitté l'auberge du Noël Blanc comme il l'avait fait, n'aurait pas privilégié son confort moral au détriment d'une toute petite fille et de deux enfants qui, dans leur désespoir, savaient instinctivement qu'il faut toujours tenter de trouver ce qu'il y a de bon dans une situation.

Quelqu'un de bien n'aurait pas laissé Tim assumer seul le rôle d'homme à tout faire auprès de ces trois femmes, pour faire face à la foule de visiteurs qui avait déjà dû envahir l'auberge.

Car la foule était venue, il avait fait le nécessaire pour cela. L'unique appel qu'il avait passé depuis son arrivée avait été pour Patrick, le directeur de l'agence de communication qui travaillait au service de son entreprise. Pour cela, il avait utilisé la seule cabine téléphonique de Lakeside, devant l'épicerie.

Patrick avait promis de faire intervenir tous ses contacts pour informer le public de la région des festivités de l'Avent organisées à l'auberge de l'Etang Blanc.

« Parfait, lui avait dit Ryder. Merci, mon vieux. »

Et il avait raccroché avec la satisfaction du devoir accompli.

Pourtant, le remords continuait de le ronger et il n'y pouvait rien.

Parce qu'en fait, tout ce que demandait Emma, c'était un Noël réussi. Et lui, pour toute réponse, s'était enfui.

Quelqu'un de bien n'aurait pas pensé d'abord à se protéger. Il serait resté.

— Eh bien, c'est sûr maintenant, je ne suis pas un type bien, lança-t-il à la cantonade.

Tess lui jeta un regard qui semblait confirmer ces paroles.

Il revit soudain Tim détourner le regard au moment où Emma avait affirmé avec force que sa mère viendrait, maintenant qu'elle pouvait lui envoyer un billet de car.

Il jura entre ses dents. Tim savait pertinemment que Lynelle White ne se donnerait pas la peine d'effectuer le voyage jusqu'à la maison familiale, même pour passer Noël avec sa fille. Quant à lui, après ce qu'Emma lui avait confié, comment avait-il pu être assez naïf pour y croire ?

L'idée de cette nouvelle déception qui serait immanquablement infligée à Emma lui parut à peine supportable. Tourmenté par cette pensée, il voulut en avoir le cœur net. Après tout, il se trompait peut-être. Un appel téléphonique suffirait à se rassurer. Il vérifierait, c'est tout.

Il emmitoufla la petite fille dans sa combinaison et elle se mit à gazouiller d'un air excité.

— Nous n'allons pas bien loin, marmonna-t-il. Seulement jusqu'à la cabine téléphonique.

Devant l'épicerie de Lakeside, tout en surveillant du coin de l'œil Tess, restée dans la voiture, il glissa sa carte de crédit dans l'appareil. Il dut ensuite parlementer avec un opérateur peu zélé qui passa un temps infini à parcourir les listes d'abonnés de deux provinces avant de trouver le nom de Lynelle White.

Enfin, toujours avec la même détermination, mais les doigts gelés, Ryder put composer le numéro qu'on lui avait procuré.

Une voix féminine, très rauque, lui répondit.

— Oui ? Qu'est-ce que vous voulez ?

— Je souhaiterais parler à Lynelle White, s'il vous plaît.

Pas de réponse, mais on entendait des bruits de voix en arrière-fond.

— Et qui la demande ?

La voix était aigrie, soupçonneuse.

On aurait dit qu'il y avait une fête dans la maison. Pas l'une de ces soirées sympathiques, avec chants de Noël et joyeux brouhaha. Non, plutôt une débauche d'alcool où des querelles éclatent sans cesse.

Il comprit alors que la voix qui lui parlait était elle aussi éraillée par l'alcool.

— Vous êtes Lynelle ?

— Peut-être bien…

Il ne savait plus trop quoi dire. Sans doute devrait-il essayer quelque chose comme : « Allez passer Noël avec votre fille. Dites-lui que vous êtes fière d'elle. Faites-lui des compliments sur l'auberge. Et sur elle aussi. Aidez-la à réussir son Noël, pour une fois. »

— Je m'appelle Ryder Richardson. Je…

Lynelle ne le laissa pas poursuivre.

— Ecoutez, mon vieux, je ne sais pas ce que vous vendez, mais je n'ai besoin de rien.

Puis, avec un juron, elle raccrocha brutalement.

Il contempla fixement le combiné pendant

quelques instants avant de le reposer sur son socle. Il était inutile de rappeler. Elle ne répondrait même pas.

Maintenant, il comprenait pourquoi Tim avait détourné le regard quand Emma avait dit qu'elle enverrait un billet de car à sa mère. Et il savait aussi pourquoi Emma n'avait jamais connu de beau Noël.

Elle était née du mauvais côté de la rue et, même si elle avait tout fait pour s'en sortir, sa tentative de trouver le bonheur en épousant un médecin de bonne famille était vouée à l'échec. Parce que le jeune médecin, lui, était né du bon côté.

Debout sur le trottoir, dans un tourbillon de vent glacé, Ryder prit soudain conscience qu'Emma et lui avaient quelque chose en commun.

Ils aspiraient l'un comme l'autre à une réconciliation qui n'aurait jamais lieu. Elle avec sa mère, lui avec son passé.

Un passé définitivement oblitéré par l'incendie pour lui. Par une mère irresponsable pour elle.

Mais lui, au moins, avait su ce qu'était une

vraie vie de famille. Il avait connu de vrais Noëls autour du sapin.

Il comprenait soudain tout ce que l'auberge du Noël Blanc signifiait pour Emma. Le sens de ces décorations, de ces projets de festivités.

Emma conservait l'espoir.

Bien qu'elle ait reçu, au cours de son existence, toutes les preuves du contraire, elle continuait obstinément à croire que la vie était bonne, qu'il existait des gens bien et que, si on leur en offrait l'occasion, ces gens-là feraient le bien autour d'eux.

« Confiance. »

Alors, s'il faisait partie de cette catégorie-là, s'il était un type bien malgré tout, un homme digne d'Emma, que pouvait-il tenter pour transformer l'espoir en réalité ?

Il était 10 heures du soir, la veille du réveillon de Noël. Emma pouvait enfin quitter son poste sur le parking, où elle avait passé l'après-midi et la soirée à recueillir les droits d'entrée et à serrer des mains.

Elle alla rejoindre Mona sous la tente chauffée.

— Emma, lui lança celle-ci, survoltée. Peux-tu aller voir à la maison s'il reste des cookies dans le congélateur ?

Emma s'exécuta après un coup d'œil aux voitures qui attendaient encore le long de l'allée. Pendant plusieurs heures, les véhicules avaient défilé, apportant des jouets neufs et des ours en peluche et réglant leur droit d'entrée avec une bonne grâce joyeuse.

— Mais où avez-vous entendu parler de ce qui se passe ici ? avait-elle demandé à la première voiture, venue de l'Ontario pour l'occasion.

— Cela fait deux jours qu'on en parle à la radio, avaient répondu les occupants du véhicule.

Et ils avaient payé un petit extra pour contribuer au Noël de rêve, qu'ils avaient même appelé par son nom, d'ailleurs !

— L'idée est excellente, avait commenté la maman. C'est exactement le message que je voudrais faire passer à mes enfants pour le jour de Noël : amour et partage.

Puis elle avait ajouté :

— Ça vous ennuie si je jette un coup d'œil à

l'intérieur ? Nous cherchons toujours un endroit abordable pour passer nos vacances d'été.

Ils en avaient entendu parler à la radio ? Première nouvelle ! Jamais Emma n'aurait eu les moyens de se payer une publicité sur les ondes. Elle s'était contentée de quelques affiches et d'annonces dans la presse locale.

Comment était-ce possible ?

Huit jours plus tard, les quatre cents hot dogs avaient tous été sortis de la congère et Emma avait dû en recommander plus du double. Et quand elle ouvrit l'un des congélateurs, elle constata qu'il ne restait plus un seul cookie.

Ni, du reste, aucune provision de bouche, de quelque nature que ce soit…

Elle rapporta la mauvaise nouvelle sous la tente où Mona s'activait, versant les dernières louches de vin chaud à la cannelle dans les derniers gobelets en plastique disponibles. Sur chaque table était disposée une corbeille ornée d'un ruban blanc faisant appel à la générosité des donateurs. Elles étaient toutes remplies à ras bord.

Et, en regardant les derniers visiteurs s'égayer autour du feu de joie, en écoutant les joyeuses clochettes de l'attelage de Tim qui circulait sur le chemin éclairé par des torches, Emma avait l'impression que son cœur, comme ces corbeilles, débordait de richesse.

Mais quand ses yeux se posèrent sur l'étang, les silhouettes des patineurs s'évaporèrent pour laisser place à une autre, haute et sombre, qui tournait et virevoltait avec aisance. A son bras, fermement soutenu par la taille, glissait un lutin rouge aux yeux brillants.

Avec un cœur si plein, pourquoi se sentait-elle si triste ? Son rêve était devenu réalité. L'auberge du Noël Blanc avait presque rempli sa mission. Les placards de l'entrée principale étaient pleins à craquer de jouets et de cadeaux.

Le bus qu'elle avait loué pour transporter les invités du Noël de rêve était largement payé et Emma disposait même d'assez d'argent pour offrir à chaque famille un bon d'achat de supermarché pour se nourrir pendant un mois.

Les fêtes de l'Avent avaient remporté un succès qui dépassait ses rêves les plus fous.

Pourtant, son cœur n'était pas au diapason.

Peut-être était-ce ça, la vérité. Quoi qu'il

arrive, peut-être les Noëls décevaient-ils toujours nos attentes.

Ce qu'elle désirait ardemment, ce n'était pas un beau Noël. Ce n'était pas une foule de patineurs dansant sur l'étang, ni des piles de cadeaux sous le sapin, ni de grasses oies tournant sur la broche tandis que montaient les volutes des chants de Noël entonnés à pleine voix.

Ce qu'elle attendait, c'était l'amour.

Et c'était cela qui lui avait échappé chaque fois. L'amour de sa mère, celui de Peter, et maintenant, celui de ce grand homme brun qui l'avait fait danser sous les étoiles.

Quand tout le monde fut parti, Emma monta lourdement les marches qui conduisaient à sa chambre avec une impression d'immense solitude.

Après une brève hésitation, elle alla ouvrir la porte de la chambre verte, qu'elle avait entièrement retapissée et meublée pour l'arrivée de sa mère, le lendemain, par le car de 20 heures.

Elle entra et s'assit sur le lit. Le fantôme de la petite fille qu'elle avait été vint prendre place à côté d'elle.

— Tu vas voir… Nous allons avoir un beau Noël. Enfin…

Soudain, elle comprit la signification de ces mots. Les fêtes de l'Avent, le Noël de rêve, tout cela ce n'était pas pour les autres.

C'était pour elle. Tout ce qu'elle avait fait, jusque dans les moindres détails, jusqu'à la venue de sa mère, c'était pour elle. Pour paraître enfin assez bonne à ses yeux et éprouver un peu d'estime d'elle-même.

Le soir de l'arrivée de Ryder, elle avait décrété fièrement : « Noël transforme tout. Il confère sa magie à toute chose. »

Et à présent, elle s'apercevait qu'en effet, quelque chose de magique était arrivé. Cela n'avait rien à voir avec Noël. Et tout avec l'amour.

Ses yeux s'étaient déssillés et, en tombant amoureuse de Ryder, elle avait compris qui elle était vraiment.

Lui, de son côté, avait préféré fuir toute cette magie, mais elle, elle était restée et elle avait réussi.

Elle allait s'offrir le cadeau qu'elle avait tant attendu des autres. L'amour d'elle-même. Son estime reconquise.

Surprise par cette révélation survenue au moment où elle s'y attendait le moins, Emma éprouva alors une délicieuse sensation d'apaisement.

9.

Ryder n'en croyait pas ses yeux.

Le parking de l'auberge était plein et il y avait des voitures garées tout le long de l'allée, jusqu'à la route menant à Willowbrook.

— Les gens n'ont-ils donc rien d'autre à faire le soir du réveillon ? bougonna-t-il, en s'efforçant d'encastrer sa voiture dans un espace miraculeusement libre, pas trop éloigné de la maison.

Pourtant, il n'était pas vraiment de mauvaise humeur. Dès l'instant où il s'était engagé dans l'allée, il avait eu l'impression de rentrer à la maison.

Tess gazouillait derrière, tenant toujours Bebo serrée dans sa petite main. Ryder avait fini par s'apercevoir que ce babillage n'était pas dénué de sens. C'était avec « Boo » et « Eggie » que la fillette discutait. Quand elle prononçait le nom d'Emma, cela ressemblait à « mama ». Et elle ne cessait de répéter ces trois prénoms, comme une mélodie du bonheur. Quand il la sortit de la voiture, elle chantonnait toujours avec ardeur, regardant avidement autour d'elle, comme si elle reconnaissait les lieux.

Ryder grimpa les trois marches du perron. Sur la dernière était posée une corbeille avec un petit mot :

« Entrée libre. Vos dons sont les bienvenus. »

La corbeille débordait de billets et de pièces de monnaie.

Il parcourut le rez-de-chaussée désert avec un sentiment croissant de bien-être.

— Mama ! Boo ! Eggie ! appela Tess.

Mais il n'y avait personne.

— Le paradis des voleurs, dit Ryder à voix haute.

C'était bien d'Emma de faire confiance au monde entier. La porte grande ouverte, une corbeille pleine d'argent posée sur l'escalier…

— Au moins, on ne lui volera pas sa télévision, ajouta-t-il avec un petit rire en se dirigeant vers la porte de derrière.

Il suivit le chemin qui menait à l'étang. Des

essaims de patineurs glissaient sur la glace à la lumière des torches et, tout autour, plusieurs feux de joie étaient allumés. Un bruit de rires et de conversations montait des nombreux visiteurs qui se pressaient là.

On aurait dit une carte postale de Noël. Emma devait être aux anges…

Ryder se fraya un passage dans la foule jusqu'à la tente chauffée et tout illuminée. Soudain, Sue et Peggy surgirent devant lui. Elles paraissaient avoir grandi, perchées sur leurs patins.

— Tess !

Tess parut tout à coup intimidée.

— Boo, Eggie, murmura-t-elle.

Puis, se penchant vers ses amies, elle leur tendit Bebo, avant de retrouver toute son autorité.

— Par terre ! intima-t-elle à son oncle.

Obéissant avec un sourire, il la déposa au sol et aussitôt, les deux fillettes la prirent chacune par une main pour la conduire jusqu'au petit traîneau, abandonné sur la glace.

Mona, occupée derrière le comptoir installé sous la tente, remarqua le nouveau venu et un sourire radieux éclaira son visage.

— Mais c'est formidable ! Bienvenue, Ryder. Bienvenue !

— Merci, Mona.

Ne pouvant y tenir, il coupa court aux congratulations.

— Où est Emma ?

— Je ne sais pas. Ça fait un bout de temps que je ne l'ai pas vue. Si vous la trouvez, pouvez-vous lui dire que j'ai besoin de pain d'épice ? Je crois bien que c'est tout ce qui nous reste.

— Entendu. Les filles ont emmené Tess.

— Ne vous inquiétez pas. Je garderai un œil sur elles.

Ryder scruta l'étang. Avec tout ce qu'il y avait à faire, Emma n'était tout de même pas allée patiner ? Il se rappelait le plaisir qu'elle avait pris à exercer son nouveau talent. Alors, peut-être y était-elle retournée. Peut-être, songea-t-il en fronçant les sourcils, avait-elle même trouvé quelqu'un pour danser avec elle ?

Mais non. Fouillant la foule du regard, il ne distinguait aucun bonnet rouge surmontant des boucles qui surgissaient par-dessous comme autant de flammèches dorées.

A cet instant, Tim apparut un peu plus loin, conduisant son lourd attelage autour de l'étang.

De la vapeur sortait des naseaux des chevaux et les clochettes de leurs harnais tintinnabulaient gaiement. Ryder se dirigea vers lui.

Tim fit marquer l'arrêt aux deux bêtes et regarda Ryder sans manifester de surprise. Au contraire, son visage buriné exprimait la plus chaude approbation, comme si Ryder avait fait exactement ce qu'il fallait.

— Elle n'est pas là, déclara-t-il d'emblée.

Le visage de Ryder s'assombrit. Pas là ? Mais où diable pouvait-elle…

— Elle est partie à la gare routière de Willowbrook il y a une bonne heure. Le car de Chicago arrivait à 20 heures. Elle devrait être revenue depuis un bout de temps déjà.

Le regard de Tim se fit lourd de sous-entendus et Ryder reçut le message cinq sur cinq.

Il fonça vers sa voiture et prit le volant pour rouler vers Willowbrook en flirtant avec les limites de vitesse. On aurait dit que toutes les maisons du bourg participaient à un concours de décorations de Noël. Seule la station de bus, au carrefour de la grande nationale, étirait tristement son bâtiment gris. Aucun bruit n'en sortait, aucune animation de quelque sorte que ce fût.

Par la vitre, il aperçut soudain Emma à l'intérieur. Elle était assise sur un banc, son bonnet rouge posé à côté d'elle.

En la voyant si seule et encore pleine d'espoir bien qu'il fût plus de 21 h 30, Ryder comprit alors pourquoi il était venu aussi vite.

Il était arrivé à temps pour apprendre à la jeune femme ce qu'était un vrai Noël.

Et ce retour avait été un choix qui s'était imposé à lui. Celui de vivre, même si cela impliquait des risques. Un an plus tôt, douze mois plus un jour exactement, il avait décidé, seul au milieu des décombres de son existence, de restreindre son environnement affectif au strict minimum. Et de ne jamais s'accorder le pardon pour ce qui s'était passé.

Maintenant, debout au bord du trottoir, dans cette minuscule bourgade qui semblait à l'écart de toute civilisation, il était en train de prendre une autre route. Celle de la vie.

Malgré tout.

Il était revenu en ce lieu parce qu'il s'y était arrêté par la force du hasard dix jours plus tôt. Et parce que, par un inconcevable miracle, cet endroit improbable, ce refuge de montagne, s'était imposé comme celui où il devait être, où le destin l'attendait.

Etait-il possible que les choses auxquelles il ne croyait pas, comme le coup de foudre, par exemple, puissent prendre tout leur sens si le cœur s'ouvrait à elles ?

En regardant Emma, il comprenait l'acharnement qu'elle mettait à attendre cette voyageuse que ne manquerait pas d'apporter le prochain bus.

Parce que, avec cette voyageuse, il y avait l'espoir d'un amour que la jeune femme était décidée à manifester, envers et contre tout.

Mais cet amour ne s'était-il déjà pas concrétisé en la personne de Tim, de Mona et des deux petites filles ?

Ne s'était-il pas incarné dans le voyageur inconnu qui avait frappé à sa porte par un jour de tempête, dix jours plus tôt ?

Traversant la route, Ryder pénétra dans l'édifice par une porte latérale.

Emma regarda l'horloge. Le prochain bus arriverait à minuit et il y avait peu de chances que sa mère s'y trouve. Alors, à quoi bon attendre ici, dans cet endroit glacial, une chose qui ne se produirait pas ?

Elle aurait dû regagner l'auberge, où elle savait qu'on devait manquer de bras, mais elle n'en avait pas le courage.

Il y avait là-bas trop de chaos et trop de bruit pour une âme en peine. Trop de gens qui tenaient les uns aux autres, de familles unies.

— Bonsoir, dit une voix grave.

En même temps, elle sentit quelqu'un s'asseoir à côté d'elle. Elle se figea. Elle n'eut pas besoin de tourner la tête pour savoir de qui il s'agissait. Déjà, une odeur d'eau de toilette familière envahissait ses narines. Elle ferma les yeux, s'imprégnant de la présence de cet homme qu'elle n'attendait plus. Puis elle regarda son visage. Et, quand elle remarqua une chose qu'elle n'y avait jamais vue, même le soir où ils avaient dansé sur la glace, son cœur s'emballa.

Ryder arborait une expression détendue et ouverte. Et il y avait de la tendresse dans ses yeux.

— Que faites-vous ici ?

Elle avait l'impression qu'en révélant qu'elle

était heureuse de le voir, elle perdrait le peu de pouvoir qui lui restait.

— J'ai pensé que nous pourrions repartir de zéro.

Il retira son gant et lui tendit la main.

— Bonjour, je m'appelle Ryder Richardson et je suis un sacré imbécile.

— Comment avez-vous su que j'étais là ? demanda Emma sans la prendre.

— C'est Tim qui me l'a dit.

— J'espère que vous n'êtes pas revenu par pitié pour moi.

— Pourquoi aurais-je pitié de vous ?

— Allons, Ryder. Tout le monde savait qu'elle ne viendrait pas ! Tout le monde, sauf moi, l'idiote du village ! Tout le monde avait compris que j'essayais de réécrire une histoire impossible. Rien de tout ce que j'ai fait, même pas le Noël de rêve pour les nécessiteux, n'était vraiment destiné à rendre les autres heureux. C'était seulement ma manière à moi d'essayer de réparer une chose qui ne pouvait pas l'être. De faire en sorte qu'on m'aime un peu. Seulement, on ne peut pas réécrire le passé. On ne peut pas revenir en arrière sur le chemin de sa vie, quelle que soit la bonne volonté qu'on y met…

Ryder hocha la tête. Il avait fallu beaucoup de courage à la jeune femme pour prononcer ces paroles.

— Ah bon…

— Pourquoi dites-vous « Ah bon » ?

— Parce que vous découvrirez bientôt que vous aimer est la chose la plus facile du monde. J'en parle en homme d'expérience.

Pendant une longue minute, Emma ne crut rien des paroles qu'elle entendait. Alors, il les répéta plus clairement :

— Je vous aime, Emma.

Et en plongeant son regard dans celui de son compagnon, elle comprit qu'il était sincère.

Il lui offrait ce qu'elle n'avait jamais eu. Une épaule pour s'appuyer. Et, plus encore, une véritable complicité.

Et de l'amour.

— Vous savez, murmura-t-il, quand j'ai franchi la porte de ce bâtiment, j'étais convaincu que c'était pour vous que j'étais revenu. Maintenant, je sais que ce n'est pas vrai.

— Ce n'est pas vrai ?

Il secoua la tête.

— C'est pour moi que je suis là, Emma. Pour me sauver. Je ne peux rien changer à ce qui est arrivé. En me transformant en une place forte impénétrable, en devenant quelqu'un de dur et d'amer, je n'ai pas résolu mon problème, au contraire.

Le ton employé devint merveilleusement tendre.

— Peut-être est-il temps pour nous deux d'aller de l'avant. Au lieu d'essayer en vain de réparer le passé, nous devons construire l'avenir.

Il poursuivit, d'une voix plus profonde :

— Emma, je ne veux plus être seul. Ni amer. C'était le pire moyen de rendre hommage à l'amour que ma famille m'a donné quand j'étais enfant, et même après. Je dois être l'homme de tout cet amour, celui de mes parents, de mon frère, de ma belle-sœur. Cet homme en qui Drew et Tracy ont cru suffisamment pour lui confier leur enfant… Je dois devenir un homme capable de montrer à une jolie fille qui n'a jamais connu de vrai Noël à quoi cela ressemble en réalité.

Des larmes s'étaient mises à couler sur les joues d'Emma. Il les essuya du pouce.

Emma songea alors qu'elle ne se souciait plus de ce à quoi pouvait ressembler Noël.

Rien ne pouvait égaler la joie qu'elle éprouvait à présent.

Même pas le plus beau Noël du monde.

Et c'était peut-être parce qu'elle n'y attachait plus cette importance obstinée que la magie s'exerçait enfin.

Noël était devenu un rêve. Pour d'autres.

Demain, elle ferait tout pour leur assurer la belle journée qu'elle leur avait promise, mais son bonheur à elle, c'était en elle qu'elle le trouverait, dans l'affection de ses proches et dans l'amour qu'elle lisait dans les yeux de son compagnon.

Ryder et Tess partirent le jour de l'an.

Ce fut alors que commença vraiment le temps de la romance. Le matin, il envoyait des fleurs à Emma et tous les soirs, très tard, ils se parlaient au téléphone.

Il venait parfois le week-end, mais c'était de plus en plus souvent Emma qui se rendait en ville. Et elle y prenait goût. Parfois, ils emmenaient Tess avec eux dans leurs excursions. Ils exploraient de petits salons de thé, des marchés ou des brocantes et finissaient l'après-midi dans un parc où l'enfant s'égayait. D'autres fois, ils laissaient Tess sous la garde de Mme Marckle et allaient au théâtre ou au restaurant.

La passion crût entre eux jusqu'à devenir insoutenable. Chaque regard, chaque contact était une promesse.

Mais c'était Ryder qui veillait à ne pas franchir la ligne blanche.

— Hé ! Je veux donner le bon exemple à Tess ! Il faut qu'elle voie que l'amour n'est pas qu'une aventure de passage.

Au printemps, pour son anniversaire, Ryder offrit à Emma une bague de fiançailles. Et il la demanda en mariage.

Les noces eurent lieu cet été-là, à l'auberge de l'Etang Blanc. La paisible cérémonie se tint dans le jardin, avec les amis auxquels ils étaient le plus attachés. Tim senior était là, bien sûr, mais aussi Tim junior, en uniforme. Quant à Mona, Sue et Peggy, elles avaient toutes de belles robes neuves, confectionnées le soir, au coin du feu, après les travaux de la journée.

Dans une belle robe de dentelle blanche, Tess était censée tenir le rôle de demoiselle d'honneur. Toutefois, elle s'assit au bord de l'allée qui menait à l'étang et se mit à cueillir des pissenlits. Personne ne put la convaincre qu'on l'avait chargée d'une mission plus importante que de rassembler ces petites fleurs jaunes.

Et Emma n'y attacha aucune importance. Elle avait depuis un certain temps abandonné tout formalisme, tout souci de la perfection.

Aussi, quand elle vit Ryder qui l'attendait à côté du pasteur, contourna-t-elle tranquillement l'enfant et poursuivit-elle sa progression. Elle n'eut même pas un regard autour d'elle pour voir si Lynelle, cette fois, avait répondu à son invitation.

C'était leur propre histoire qu'ils écrivaient désormais, une histoire qui venait tout juste de commencer. Désormais, Emma savait que ce n'était pas Noël ou quelque autre mythe qui transformait tout, mais l'amour.

Et c'était l'amour qui apportait au monde sa magie.

L'homme qu'elle avait à ses côtés était toute la perfection dont elle avait besoin.

Épilogue

Vingt litres de chocolat chaud et autant de vin à la cannelle.

Sans compter les quatre cents cookies dont la préparation avait pris à Emma deux longues soirées.

Et cela ne suffirait probablement pas.

— Si tu essaies encore de soulever cette énorme casserole de chocolat bouillant, je te mets sur mon épaule et je te ramène à la maison, lança Ryder.

— J'adore quand tu deviens autoritaire.

— Je ne plaisante pas !

— Pfff… Comme si tu pouvais me jeter sur ton épaule, dans l'état où je suis.

— Bien sûr que je le pourrais, affirma-t-il, l'air faussement menaçant.

Il éprouvait toujours ce frisson d'excitation

mêlée de tendresse quand il regardait celle qui était devenue sa femme.

Il était encore étonné que cette jeune femme pleine de charme et désormais tout à fait épanouie ait choisi de l'aimer. Emma était superbe, radieuse, débordante de confiance en elle, amoureuse de la vie.

Et de lui.

Elle finit par obtempérer

— D'accord, d'accord. Tim, pourrais-tu porter ce chocolat pour moi ? Ryder a décidé que j'étais délicate.

Tim junior souleva sans effort la lourde casserole.

— C'est vrai que tu es délicate, confirma-t-il d'un ton sévère. Garde un œil sur elle, Ryder. Je ne suis pas certain qu'on puisse lui faire confiance. Même dans son état.

— Vous me surestimez, tous les deux, affirma Emma en donnant une petite tape satisfaite sur son ventre proéminent.

A dire vrai, Ryder avait tout fait pour la dissuader de venir à l'auberge de l'Etang Blanc ce Noël.

D'après le médecin, ils pouvaient s'attendre à un bébé du nouvel an. Et s'ils étaient prisonniers de la neige, comme l'année de leur rencontre ?

Toutefois, Emma avait arboré son air têtu et il avait compris qu'il serait inutile d'insister. Si le temps se gâtait, il appellerait un hélicoptère. Cette fois, il n'avait pas oublié son téléphone cellulaire.

Sans compter que Tess ne leur aurait pas laissé de répit s'il avait annulé leur visite annuelle à l'auberge.

La petite fille avait quatre ans à présent et elle savait plus que jamais ce qu'elle voulait. Il la chercha des yeux. Emma l'avait revêtue d'une combinaison de ski rose fluorescent, afin qu'elle soit facilement repérable dans la foule. Elle était sur l'étang, chaussée de ses patins flambant neufs, glissant de concert avec Sue et Peggy.

Cette année, c'était leur petite sœur, née neuf mois tout juste après le retour de Tim junior, qui se trouvait dans le traîneau tiré par les grandes.

— Ne le prenez pas mal, déclara Tim, suivant le regard de Ryder posé sur les quatre filles, mais j'espère que ce sera un garçon.

— Macho ! l'accusa Emma, mais dans ses

yeux pétillait le sourire d'une femme qui se sait aimée.

— Du moment qu'il ou elle est en bonne santé, rétorqua Ryder, cela me suffit.

Et il décida que, tant qu'il pouvait garder un œil sur Emma, tout compte fait, c'était bon d'être revenu à l'Etang Blanc.

La jeune femme avait vendu l'auberge à Mona et Tim peu de temps après avoir accepté d'épouser Ryder. Ceux-ci avaient conservé deux chambres d'hôtes, mais l'auberge était devenue leur maison de famille. Et, tous les ans, ils organisaient les festivités de l'Avent. Le Noël de rêve aussi avait perduré et, chaque année, c'était un nouveau groupe qui était soutenu. Cette fois, ce serait les enfants d'un orphelinat.

Ryder soupçonnait les Fernshaw d'avoir gardé la tradition surtout pour leur faire plaisir. Les deux couples étaient devenus amis et tous savaient que la période de Noël restait un moment difficile pour Ryder. Il fallait l'occuper, lui permettre de donner aux autres ce trop-plein d'affection qu'il ne pouvait plus donner aux défunts.

« Tu n'es pas obligée de le faire », avait-il

dit à Emma quand elle lui avait annoncé son intention de vendre l'auberge à Tim junior.

D'autant plus que Tim ne voulait pas reprendre l'affaire d'Emma, mais cultiver les terres alentour, comme son père et son grand-père avant lui.

Ryder ne cherchait pas à remplacer son frère, comme il ne cherchait pas l'amour et le bonheur quand la tempête l'avait déposé à la porte d'Emma. Mais c'était un frère qu'il avait trouvé dans le mari de Mona.

« Je sais, avait répondu Emma. Mais la maison tombe en ruine et les terres alentour sont en friche. Tim pourra s'en occuper. Moi, non. Quant à Mona, elle a toujours adoré la maison. Je voulais créer cette auberge pour me donner une famille et donner un sens à ma vie. Mais j'ai tout cela, maintenant et je veux voir la maison de ma grand-mère heureuse et habitée comme avant. »

La manière dont elle affirmait son nouveau bonheur avait donné à Ryder l'impression de toucher les étoiles.

— Maman, papa, regardez-moi !

La petite voix aiguë de Tess s'éleva au-dessus

du brouhaha et ils se retournèrent tous les deux en même temps.

Au fil des ans, la manière dont Tess prononçait le nom d'Emma s'était rapprochée de « maman ». Et Ryder était devenu tout naturellement « papa. »

Quand il lui montrait des photos de ses premiers mois, avec Drew et Tracy souriant au bébé blond qu'ils tenaient dans leurs bras, pour la petite fille, c'était son père et sa mère. Et il s'attachait à raviver régulièrement leur souvenir, aussi douloureux cela fût-il pour lui.

Par ailleurs, il faisait tout ce qui était en son pouvoir pour que Tess ait une enfance comme les autres. Et pour que son frère et sa belle-sœur, là où ils étaient, soient fiers de lui.

Au vu du résultat, on pouvait dire qu'Emma et lui ne réussissaient pas trop mal.

En regardant la petite fille fièrement campée sur ses patins, les joues rosies par le froid, les yeux brillant de plaisir, il se prit à croire qu'il y avait une raison à toute chose.

Il fut un temps où il faisait tout pour fuir Noël. Mais depuis, il avait compris que, si le feu lui avait retiré une partie de lui-même, il lui avait aussi apporté un cadeau.

Le terrible drame dont avaient été victimes Drew et Tracy l'avait jeté dans une forme de folie. Mais il l'avait aussi placé sur la route d'Emma et avait fait de lui un homme capable d'éprouver de la compassion pour son prochain, capable de pardonner.

Il était devenu un homme meilleur, un homme digne d'être aimé.

Ce qui l'amenait parfois à se demander si, pour chaque homme, il n'y avait pas un destin.

Son cerveau d'architecte était entraîné à élaborer des raisonnements mathématiques. Mais il savait qu'il fallait réserver une place à l'imagination, surtout pour les constructions les plus ambitieuses. Et cette inspiration surgissait souvent quand un problème était devenu insoluble, quand on semblait dans une impasse.

C'était souvent ainsi que des chefs-d'œuvre avaient été élaborés.

Et c'était peut-être aussi comme ça qu'on réussissait sa vie.

L'esprit vagabond de Ryder en vint à penser à Lynelle. Qui aurait pu imaginer qu'une femme comme elle ait engendré un être tel qu'Emma ?

Sa belle-mère avait choisi de ne pas faire

partie de leur vie. Elle n'était venue à aucun Noël. Quant aux noces de sa fille, elle avait prétendu qu'elle y aurait assisté si celles-ci avaient eu lieu ailleurs qu'à l'Etang Blanc.

Il n'y croyait pas toutefois. Elle était aussi indifférente à lui, à Tess et au bébé à naître qu'elle l'avait été à l'égard d'Emma.

Pourtant, même la colère qu'il en éprouvait cédait le pas devant son bonheur.

Quand il voyait la compassion dont Emma faisait preuve à l'égard des personnes en difficulté, il savait qu'elle la puisait dans toutes ces années durant lesquelles elle avait essayé, en vain, d'attirer l'attention de sa mère, d'éveiller en elle un peu d'amour.

Emma lui avait démontré que le bien pouvait naître du mal, comme le feu domptait l'acier, comme l'eau resurgissait de la glace au printemps.

Elle lui prouvait chaque jour que l'amour n'était pas une destination qu'il aurait enfin atteinte, mais un voyage au long cours, semé d'écueils et traversé de courants impétueux, de défis et de récompenses.

C'était aussi ce que représentait Noël.

Tout ce en quoi, pendant un temps, il avait cessé de croire.

La bonté.

L'espoir.

La foi.

La lumière.

— Papa !

La vie.

Soudain, Emma porta les mains à ses flancs. Son regard élargi rencontra celui de son époux. Elle se mit à respirer bruyamment.

— Les livres ne nous préparent pas réellement à ce qu'on éprouve, constata-t-elle entre deux contractions douloureuses. Ryder, crois-tu que nous pourrions avoir un bébé de Noël, finalement ?

Le calme de sa voix, l'absolue confiance qu'il lisait dans le regard de la jeune femme lui rappelèrent qu'il avait retrouvé aussi quelque chose d'autre. Il avait de nouveau confiance en lui.

Un enfant allait naître et il serait là pour l'accueillir, assez fort pour accepter les responsabilités qui lui incomberaient, autant que les joies. Un enfant de Noël, ce serait une raison supplémentaire de fêter ce moment de l'année, une joie de plus qui, lentement mais sûrement, année après année, allongerait la liste des raisons de se réjouir.

La naissance d'un enfant, n'était-ce pas là le vrai sens de cette fête ?

Un enfant qui, chaque année, apportait un message au monde entier.

Un enfant dont la naissance était la preuve incarnée que l'amour est plus puissant que tout.

Que l'amour est indestructible.

Et, ajouta-t-il pour lui-même en regardant Tess qui dansait au loin, qu'il continue toujours, même après la mort.

Il s'incarnait par exemple dans cette petite fille en tenue de ski rose électrique qui criait dans l'air bleu de l'hiver :

— Papa ! Maman ! Regardez-moi !

Et cela continuerait avec un autre enfant, une nouvelle vie, un petit messager incarnant le pouvoir de l'amour, porteur d'espoir et de paix.

Malgré les protestations de sa femme, Ryder la souleva du sol et l'emporta vers la voiture.

— Tim ! lança-t-il par-dessus son épaule. Va prévenir Mona que le travail a commencé.

— Ryder, arrête, je t'en prie ! protesta Emma. Je suis trop lourde et je peux très bien marcher. En plus, ce ne sont que les premières douleurs. Nous avons tout le temps.

Mais il ne la trouvait pas lourde. Et il n'était pas question pour lui de prendre le moindre risque.

Emma pesait comme une plume dans ses bras et il se sentait léger, lui aussi. Tout à coup, tout ce qui l'entourait, les patineurs sur l'étang, Tess et ses deux amies, les rires, le crissement des patins sur la glace, Tim junior courant vers eux avec, sur son visage, cette expression d'urgence qui rappelait le soldat qu'il avait été, tout cela semblait former un immense tourbillon d'énergie.

Une énergie qui faisait tourner le monde.

Alors, soudain, il se sentit merveilleusement apaisé. Et il fut envahi d'un tel bonheur qu'il en suffoqua.

Son regard rencontra celui d'Emma, plein d'amour et de confiance.

Et ils se sourirent.

La route était longue, mais à présent, l'un comme l'autre savaient qu'ils ne seraient plus jamais seuls pour la parcourir.

HARLEQUIN

collection Horizon

Prochain rendez-vous le
15 décembre 2010

UNE INVITATION POUR NOËL, de Caroline Anderson • n°2299

Se retrouver à la rue pour Noël avec ses trois enfants n'est pas exactement le vœu qu'avait formulé Amelia. Aussi, quand une amie lui propose de loger quelques jours dans le manoir que lui a confié Jake Forrester, un homme d'affaires parti en vacances, Amelia accepte avec soulagement. Mais tout se complique quand le propriétaire des lieux rentre à l'improviste et découvre chez lui la petite famille qu'il n'a pas invitée...

UN CADEAU POUR LA VIE, de Linda Goodnight • n°2300

Certes, Jenna n'aurait jamais dû prendre la route en plein milieu du neuvième mois de sa grossesse. Mais il est trop tard pour se fustiger. Sur le point d'accoucher, quelque part au fin fond du Texas, une seule chose la préoccupe, désormais : son bébé. Et c'est donc avec gratitude qu'elle accueille l'homme surgi de nulle part qui vient à son secours. Un inconnu au regard intense qui va l'aider à mettre son enfant au monde...

DOUCES RETROUVAILLES, de Melissa James • n°2301

Six ans... Samantha a cru pendant six ans que Brett, son mari, son seul amour, était mort. Et le voilà aujourd'hui devant elle, visiblement prêt à tout pour la reconquérir et reprendre sa place dans cette vie qui était la leur. Sous le choc, Samantha ne sait que penser. D'autant qu'elle se demande déjà comment va réagir sa petite Casey, quand elle apprendra qu'elle a un papa...

UN CONTRAT POUR AIMER, de Rebecca Winters • n°2302

Alexandra est effondrée. Une vie ne lui suffirait pas à rembourser les dettes laissées par sa mère ! A moins qu'elle n'accepte l'étrange marché que vient de lui proposer le prince Lucca de Castelmare : il lui donnera l'argent dont elle a besoin, si elle l'épouse et lui permet ainsi d'accéder au trône...

Attention, numérotation des livres pour le Canada différente : n°1011 au 1014.

www.harlequin.fr

A paraître le 1er novembre

Best-Sellers n° 441

Magie d'hiver

Les six histoires réunies dans ce volume nous plongent au cœur d'un hiver romantique, pour mieux explorer la magie de l'amour et de la passion : retrouvailles bouleversantes et tendres réconciliations, rencontres imprévues, plaisir de la séduction, promesses passionnées… sans oublier le parfum d'enfance et le goût du rêve.propres à cette saison chargée d'espoirs.

Best-Sellers n°442 • suspense

Plus fort que la peur - Dinah McCall

Quand Catherine Fane retourne pour la première fois à l'âge de 27 ans à Camarune, berceau de sa famille, c'est avec l'espoir d'honorer le dernier souhait de sa grand-mère : être enterrée près de la cabane perchée au milieu des bois où elle a vécu autrefois. Comment imaginer que sa vie va en être bouleversée à jamais ? Catherine ne connaît plus personne dans cette petite ville nichée dans les montagnes du Kentucky. Pourtant, dès son arrivée, les habitants lui témoignent une hostilité incompréhensible, angoissante, même. Jusqu'à ce qu'elle découvre que de sombres histoires de famille sont sur le point de remonter à la surface et qu'elle pourrait bien être associée à des événements du passé dont elle ignore tout. Bouleversée, Catherine accepte avec soulagement la protection du shérif Luke DePriest – un homme qui lui inspire spontanément confiance. Car malgré les tentatives d'intimidation chaque jour un peu plus nombreuses, elle a décidé de rester à Camarune pour découvrir la vérité, quitte à faire surgir de l'ombre le passé de la petite communauté…

Best-Sellers n°443 • thriller

Le secret écarlate - Erica Spindler

A trente ans, Alex Clarkson ressent un immense vide en elle et cherche toujours à percer le mystère qui entoure sa naissance. Aussi, quand sa mère se suicide, la laissant seule avec les secrets de son passé, Alex décide-t-elle de tout mettre en œuvre pour trouver enfin les réponses aux questions qu'elle se pose depuis l'enfance. Pourtant, lorsqu'elle contacte l'inspecteur Daniel Reed, le dernier à s'être entretenu avec sa mère, elle est encore loin d'imaginer les révélations qu'il va lui faire. D'après Daniel, en effet, elle aurait grandi jusqu'à l'âge de 5 ans dans une famille de viticulteurs. Une famille dont elle ne se souvient absolument pas, malgré la tragédie qui l'a frappée à l'époque : la mystérieuse disparition d'un bébé de quelques mois. Son petit frère ? Si tel est le cas… qu'est devenu cet enfant ? Et comment Alex a-t-elle ainsi pu tout oublier de ce tragique événement ? Résolue à aller jusqu'au bout, elle poursuit sa quête pour briser l'amnésie, quitte à déterrer des secrets destinés à rester enfouis à tout jamais…

Best-Sellers n°444 • thriller

Le sceau du silence - Karen Rose

Après des années d'absence, Susannah Vartanian est de retour dans sa ville natale de Georgie pour assister à l'enterrement de ses parents. La petite communauté de Dutton se trouve encore sous le choc de meurtres récents qui ont fait ressurgir des fantômes du passé. Un passé qui la renvoie à l'agression dont elle a été victime, adolescente... A l'époque, la terreur l'avait réduite au silence. Depuis, le remords et la honte ne l'ont pas quittée : parce qu'elle n'a pas eu le courage de parler quand il le fallait, d'autres victimes ont été violées et assassinées. Désormais décidée à surmonter son sentiment de culpabilité, Susannah brise enfin le sceau du silence et accepte de répondre aux questions de Luke Papadopoulos, l'agent du FBI chargé de l'enquête. Mais le temps presse, et Susannah sent l'ombre du mal planer à nouveau au-dessus d'elle…

Best-Sellers n°445 • roman

Un Noël au lac des Saules - Susan Wiggs

Maureen Davenport s'apprête à réaliser un rêve de toujours : se charger de l'organisation du spectacle de Noël dans sa ville d'Avalon, au bord du lac des Saules. Aussi est-elle furieuse d'apprendre que son équipier n'est autre qu'Eddie Haven, un homme qui se moque des règles et des conventions sans se soucier le moins du monde de mettre le spectacle en péril. Mais plus que tout, Maureen est furieuse contre elle-même. Car dès le premier regard que lui jette Eddie, son cœur se met à battre à tout rompre. Pourtant, encore sous le choc d'une récente et douloureuse rupture, elle n'aspire qu'à la tranquillité, loin de toute présence masculine. Tiraillée entre la méfiance et l'intensité des émotions nouvelles qu'Eddie suscite en elle, elle espère plus que tout que la magie réconfortante de Noël l'aidera à soigner ses blessures et à donner à sa vie un nouvel élan…

Best-Sellers n°446 • suspense

Mortel mensonge - Karen Harper

Le monde de Briana s'est écroulé en quelques instants face à cette vision d'horreur : sa sœur jumelle Daria noyée, prisonnière de leur bateau naufragé. Si la police a conclu à un accident, Briana, elle, ne peut s'ôter un affreux doute de l'esprit. Et si Daria avait été assassinée ? Difficile de croire en effet que cette dernière, nageuse accomplie, ait pu se laisser piéger par la tempête. Dès lors, Briana est prête à tout pour découvrir la vérité. Mais à peine démarre-t-elle son enquête sur la sœur dont elle croyait tout savoir, qu'un pan caché de la vie de Daria apparaît en pleine lumière - un secret si brûlant qu'elle a cru devoir mentir à sa propre sœur… Un mensonge qui lui a peut-être coûté la vie ?

Best-Sellers n°447 • historique

Le secret d'une lady - Kat Martin

Londres et Philadelphie, 1810

Cinq ans après que son fiancé Rafael Saunders, duc de Sheffield, a rompu leurs fiançailles, l'accusant à tort de l'avoir trahi, Danielle Duval s'est résolue à quitter l'Angleterre pour fuir le chagrin et le déshonneur. Là-bas, de l'autre côté de l'Atlantique, l'attendent une nouvelle vie… et un nouveau fiancé : un homme d'affaires veuf, prêt à lui accorder son nom et sa protection. Mais à peine est-elle arrivée à Philadelphie que Rafe resurgit dans son existence et prétend vouloir renouer avec elle. Conscient de l'erreur qu'il a commise autrefois, il lui offre même un précieux collier, gage de son amour. A la fois abasourdie et folle d'espoir, Dani est prête à tout pardonner puisque Rafe est l'amour de sa vie ; elle le sait à présent. Pourtant, elle hésite encore car un douloureux secret l'empêche de donner libre cours à ses sentiments…

Composé et édité par les
éditions Harlequin
Achevé d'imprimer en octobre 2010

CPI
BUSSIÈRE

à Saint-Amand-Montrond (Cher)
Dépôt légal : novembre 2010
N° d'imprimeur : 101225 — N° d'éditeur : 15350

Imprimé en France